[加] 欧内斯特·汤普森·西顿　著

刘　芳　译

世 界 动 物 小 说 精 品 书 系

影像青少版

狼王洛波

浙江摄影出版社

目录

CONTENTS

狼王洛波

1. 洛波狼群

喀伦坡位于新墨西哥州北部，是一片广袤的牧区，那里草地肥沃，牛羊遍地。几条河流蜿蜒流过草原，汇入喀伦坡河，这片草原也因此得名"喀伦坡草原"。统领这片草原的不是傲慢的人类，而是一头灰色的老狼。

这头老狼被新墨西哥州人叫作"老洛波"，它是这个草原上一群灰狼的传奇式首领，称霸喀伦坡山谷已有数年。草原上的牧羊人都很熟悉它，它与狼群出现在哪里，哪里的牛羊就闻风丧胆。牧人们眼睁睁地看着家畜遭殃，只能任其宰割，没有一点办法。老洛波不仅身材高大，而且足智多谋，异常狡猾。普通的狼哪怕在牧场附近叫上半夜，也只是引起牧人们一点小小的注意。可是，当老洛波低沉的嗥叫从远处的山谷传来时，牧人们便心惊胆战，彻夜不宁，一直熬到天亮才敢出来查看牧群的损失。

让人无法理解的是老洛波的狼群只有五头狼。一般来说，狼王的能力越强、地位越高，追随它的狼就会越多，狼群就会越大。

也许是老洛波的残忍和坏脾气给它的形象增添了负面因素，影响了狼群的扩大。虽然老洛波的跟随者不多，但是跟随它的每一头狼都身材高大，骁勇善战。老洛波的副手是一头身材异常高大的"巨狼"，但是它的身材比老洛波还差得远呢！狼群里还有一头美丽的白狼，新墨西哥州人管它叫布兰卡，它可能是头母狼，与老洛波可能是一对儿。狼群里还有一头动作特别敏捷的黄狼，人们传说它曾经好几次抓到过羚羊。

　　牧人对洛波狼群太熟悉了。人们常常看到它们，也常常听到它们的恶行。狼群离不开牧人的牧群，然而牧人却恨不得宰了这群恶狼才痛快。喀伦坡的牧人没有人会不愿意用一头牛来换洛波狼群里随便哪一头狼的脑袋。可是洛波狼群犹有神助，刀枪不入，根本没有把牧人的捕狼手段放在眼里。它们自视甚高，看不起这些拙劣的手段，对投毒之类的捕狼方法更是嗤之以鼻。五年来，它们肆无忌惮地从喀伦坡牧人那里猎杀了大量的牲口。据说，最严重的时候，它们平均每天都要猎杀一头牛或羊。这样算来，洛波狼群在喀伦坡草原上已经捕杀了两千多头肥大的牛羊了，它们不屑于捕捉老弱病残的牛羊，只拣最好的牲口下手。

一般的草原狼群往往得不到足够的食物，很少有选择食物的机会，因而时常饥不择食。但是对洛波狼群来说，情形却大不一样。这群海盗似的冒险家，每日都能吃饱喝足，因此往往还挑三拣四。老死、病死、腐烂的食物它们碰都不碰一下。就连猎人宰杀的牛羊也不屑一顾。它们只吃自己刚刚捕杀的一周岁左右的小母牛，也不是整头牛都吃，而是只吃最嫩的那部分。它们瞧不上老公牛和老母牛的肉。虽然有时候也捕捉小马犊，但是它们却仅仅是为了好玩，从来不吃它们的肉。洛波狼群似乎不太喜欢吃羊肉，但是它们为了好玩儿却时常把羊弄死。某天夜里，白狼布兰卡和那头黄狼就弄死了 250 只羊，却一口羊肉都没吃，明摆着是为了有趣、恶作剧才这么干的。

这么多年，洛波群狼为非作歹的事情真是数不胜数！

2. 狼王的威力

狼群为非作歹，惹怒了牧人们。为了消灭洛波狼群，牧人们挖空心思，想尽了办法，但是往往忙活了好几个月，却连一根狼毛也没抓到。洛波狼群仍旧在喀伦坡草原上为所欲为，没有任何收敛。

于是，人们只得出高价向周围勇敢的猎人悬赏老洛波的脑袋。有人为了拿到赏金，用了 20 种不同的巧妙方式投毒，试图捉住它，却都被它一一识破了。其实，洛波狼王也有害怕的东西，那就是枪。它知道喀伦坡草原上的牧人个个都带着枪，所以它从来不会主动袭击人类，也从来不会暴露在猎人的面前。洛波狼群的策略是：白天只要看见人，不管有多远，都是"三十六计，走为上计"，拔腿就溜。老洛波还有一个原则就是只允许狼群吃它们自己弄死的猎物。这条原则使狼群避开了猎人们的毒药，逃过了无数次的危险。老洛波还有着超级敏锐的嗅觉，能够分辨人和毒药的气味，这一招有效地保证了洛波狼群的安全。

有一次，有个牧人听到老洛波鼓舞狼群战斗的熟悉嗥叫声，便偷偷地走到山背上，发现洛波狼群正在一块凹地上围攻一个小牛群。狼王洛波坐在一旁的山坡上督战，布兰卡和其余的狼，拼命地向一头小母牛进攻。牛群天生有防狼的战术，它们紧紧地挨在一起，牛头朝外，用一排牛角对着狼群，组成了牛角防御阵，这样就能保护牛群的软肋。狼群在牛角防御阵面前无从下口，只能左冲右突，希望牛群中有不坚定的，或是害怕退缩的牛，这样就能打开一个缺口。终于，有几头牛被狼群的又一次冲击吓怕了，想退到牛群中间去，这时牛角阵出现了一个漏洞。狼群抓住了这个机会，冲到牛阵中间把那头小母牛弄伤了。但是对死亡的恐惧让那头小母牛拼死挣扎。战斗就这么持续着。终于，老洛波对这场战斗失去了耐心。它飞奔跑下山坡，深沉地嗥叫了一声，猛地向牛群扑过去。牛群被狼王的气势吓倒了，牛角阵随即溃败。老洛波纵身高高跃起，落到了牛群的中间。这下牛群腹背受敌，顿时没命地往四下乱窜。那头小母牛趁乱也要逃走，可是还没跑出几步，就被老洛波扑住了。它狠狠地咬住小母牛的脖子，然后运足力气猛地往后一拉，把

小母牛重重地摔在地上。小母牛被摔得四脚朝天。接着，其余的狼一窝蜂地扑到这头可怜的小母牛身上，几秒钟工夫，就把它弄死了。老洛波不屑于参加弄死小母牛这种没有技术含量的工作。它把

这头倒霉的小母牛摔倒以后，就站在旁边心高气傲地观战，非常神气，好像在说："你们要学着点，怎么才能干净利索地结束战斗，不要浪费这么多时间。"

牧人看着战斗结束了，骑着马赶来，大声叫喊，这群狼便像平时遇到猎人一样跑掉了。牧人身上正好带着一瓶毒药，于是赶忙在死牛身上下了三处毒。牧人知道这群狼的习性，知道它们不会轻易丢下好不容易到手的猎物，一定会再回来吃牛肉的，因为这是它们自己亲手猎杀的猎物。牧人希望能毒死这群该死的狼。第二天早晨，他回到那儿，想看看那些中了毒的恶狼时，结果却让他大失所望，这些狼虽然吃过牛肉，可是把所有下过毒的地方，都非常小心地撕了下来，扔在一边了。

狼群的暴行还在继续。牧人们越来越害怕这头大狼了，悬赏老洛波的赏金竟然提高到了1000美元，竟然比悬赏缉拿逃犯的赏金还高了许多。重赏之下必有勇夫。有一个得克萨斯牧人坦纳瑞看中了这笔赏金，骑着马来到了喀伦坡的溪谷。他对捕捉洛波狼王信心满满，因为他带来了最好的捕狼装备——最好的枪、最快的马，还有一群大猎狗。他曾在西弗吉尼亚辽阔的平原上捕杀过许多狼，可谓身经百战、经验丰富。他信心百倍：用不了几天，洛波狼王的脑袋，就会挂在自己的马鞍子上了。

夏天的一个早晨，太阳还没有升起，天灰蒙蒙的，这支打狼的队伍雄赳赳气昂昂地向草原进发了。那群大猎狗很快就发现了狼群的踪迹，用此起彼伏的吠叫向主人报告。又走了不到2里路，喀伦坡草原的灰狼群就出现在了猎人的视野中。一场激烈的追猎开始了。

猎狗的任务是紧紧咬住狼群不放，为猎人赢得时间。这个战术在广阔的得克萨斯草原上很奏效，施展起来得心应手。但是这个战术在喀伦坡草原上却行不通。因为这里乱石参差，溪谷河流众多，把大草原分割得四分五裂。狼王洛波马上识破了猎人的诡计，它充分利用地形的优势，采取分而治之，集中优势兵力，各个击破的战术。老狼王站在高处，打量着四周的环境，马上有了新的想法。它立即向最近的那条小河跑去，迅速地渡了河，摆脱了骑马的猎人。

在它的指挥下，狼群一下子分散开来，猎狗没有别的办法，只能跟着分散开来。狼群跑了一段路后，利用熟悉地形的优势，马上集合起来。那些猎狗却来不及一下子聚齐。有着数量优势的猎狗被分散了。狼群掉过头来，扑向了追猎者，这时狼群就有了数量上的优势，它们仗着狼多势众，不是把猎狗弄死，就是把它们咬成重伤，数只猎狗无一幸免。

当天晚上，坦纳瑞的猎狗只跑回来了六只，其中还有两只浑身被扯得稀烂。后来，他又去了两次，都没有成功。在最后一次捕猎中，他那匹最得力的马也摔死了。他气呼呼地放弃赏金，回得克萨斯去了。洛波狼群打败了坦纳瑞和他的猎狗，它们越发专横、猖狂了。

坦纳瑞走后的第二年，又有两个猎人想拿到这笔赏金。一个是卡隆，他新发明了一种毒药，而且还想出了新的投放方法；一个是加拿大人拉洛克，他不光用毒药，还在毒药上画上符并念咒语。他坚信老洛波是一只"狼妖"，一定要用特殊的方法才能消灭它。但是，这些巧妙配制的毒药、符咒，对狼王来说，全都不顶事儿。狼群还是"外甥打灯笼——照舅（旧）"，在草原上游荡，照吃牛羊。几个星期后，卡隆和拉洛克都放弃了捕狼的计划，到别处打猎去了。

卡隆在捕捉老洛波失败之后，又碰上了一桩丢脸的事。卡隆拥有一个庄园，坐落在喀伦坡河的一条小支流旁边，那里景色宜人。狼王洛波看上了这个地方，在离卡隆家不到1000米的地

方，在溪谷的岩石堆上，和
布兰卡建起了它们的巢窟。
它们在那儿住了整整一个夏
天，弄死了卡隆的牛、羊，
还有狗。老洛波安安全全地
待在凸凹不平的岩壁深处，
嘲笑卡隆投放的那些毒药和
捕狼机。卡隆费尽心机，想
用烟火把它们熏出来，或者
是用炸药把它们轰出来。但
是它们都毫发无损地逃开
了，继续干着抢劫、破坏的
勾当。"去年整整一个夏天，
它都住在那儿，"卡隆指着
那块岩石壁说，"但是我一
点儿办法也没有。在它面
前，我变成了一个大傻瓜。"

3. 狼王的智慧

以上这些故事都是我从牧人们那儿听到的，但我一直怀疑这些故事的真实性。直到1893年，我亲自领教了狼王的狡猾，对它有了更深入的了解后，才意识到这些故事都是真实发生过的事情。

几年前，我还是个猎人，后来我选择了以写作作为职业，就把自己拴在了写字台上，但我还是十分怀念当年狩猎的日子。就在这时，一个喀伦坡牧场的牧场主邀请我去教训教训这帮可恶的强盗。当时我正想换个环境，就接受他的邀请，来到了新墨西哥州。我对老狼王充满了好奇，便迫不及待地赶到喀伦坡草原。

我请了一位向导带路，骑着马在草原上四处转悠，了解周围的环境。向导指着一堆还粘连着皮肉的牛骨头说："这就是它干的。"看过崎岖不平的地形之后，我清楚地知道，用狗和马来追捕老洛波是不明智的，看来只能用毒药和捕狼机了。但是，我们手头上没有大型的捕狼机，于是我就先用毒药干了起来。

捕捉这头老狼的毒药有上百种，像番木鳖碱、砒霜、氰化物或是氢氰酸的化合物等，我都尝试过了，凡是能作诱饵的肉类，我也统统用遍了。但是，每当早晨我骑着马去查看老狼是否上当的时候，都大失所望，我花费的心血全都落了空。这头老狼真是太狡猾了！

我举一个例子来证明这头老狼令人叫绝的机灵劲。我曾学习过一位老猎人教给我的制作捕狼"肉饵"的方法：把奶酪跟刚宰杀的

小母牛的肥腰子拌在一起，为了避免沾上金属的气味，把这些放在一只瓷盘里炖烂了，等这盘奶酪拌牛腰凉了以后，再用骨头做的刀子把它切开。在每一块上面挖一个小洞，塞进一大撮番木鳖碱和氰化物。最后，用奶酪块把洞封起来。为了避免沾上人的气息，在制作肉饵的过程中，我始终戴着一副在小母牛血里浸过的手套，连呼吸都不对着盘子。全都弄好后，我把它们装在一只抹满牛血的生皮

口袋里，用一根绳子拴上牛肝和牛腰，骑着马一路拖着走。我绕了10公里的圈儿，每走0.25公里，就扔一块肉饵，扔的时候，绝不让手碰到这些肉饵。

正常情况下，老洛波在每个星期的前两天会来到这个区域，剩下的时间大概在格兰德山麓附近。这天恰逢星期一，当天晚上，我们正要睡觉的时候，我听见了狼王的低沉的嗥叫声。我的同伴听到老洛波的嗥叫，说了句："它来啦，我们等着瞧吧。"

第二天一早我就去了，迫不及待地想知道结果。我很快发现了这帮强盗的新脚印。老洛波走在狼群的最前面。其实要辨识出老洛波的脚印非常容易。一般的狼，前脚只有4.5英寸长，大的也不过4.75英寸。然而，老洛波的脚印从爪子到后跟，竟有5.5英寸长。老洛波的其他部分也很高大，身高3英尺，重达150磅。虽然老洛波的脚印被别的狼踩模糊了，但还是很容易辨认。狼群很快就发现了我拖牛肝、牛腰的路线，并且跟了下来。看得出来，老洛波来到第一块肉饵前，嗅了一阵子，然后把它带走了。

我再也无法掩饰兴奋的心情。"我可把它逮住啦，"我喊道，"1英里以内，我就能找到它的尸首啦！"我快马加鞭，向前奔跑，满怀希望地紧盯着地上又大又宽的脚印。我兴奋极了！这下可是真的要逮住它了，还可能逮住几头别的狼哩！很快，我来到了放第二块肉饵的地方，肉饵也不见了。但是，那宽大的脚印还在。我站在马镫子上，在周围的平地上仔细地搜寻了一遍，可是没有发现任何死狼的踪迹。我继续往前走，发现第三块肉饵也不见了。当跟着狼王的脚印走到第四块肉饵的时候，我才恍然大悟：老洛波一块肉饵也没吃过，只是衔在嘴巴里而已。它把前三块肉饵叠放在第四块上，并在上面撒了泡尿。这是在嘲笑我：这些小儿科，它都瞧不上！它离开了我拖牛肝、牛腰的路线，领着它的狼群，又逍遥快活去了。

这次失败只是我众多次失败案例中的一个。这些经验告诉我，使用毒药的办法是不可能消灭这伙强盗的。虽然毒药对狼王起不了什么作用，但是在等待捕狼机的时间里，我还得继续使用这个办法。因为，这对消灭草原上的狼和别的有害动物来说，还是一种比较有效的方法。

在此期间，我经过仔细观察，发现了一件更能说明老洛波老奸巨猾的事例。至少有一桩事儿是这些狼专为寻开心才干的，那就是吓唬羊群，还弄死它们，却不吃羊肉。在平时，人们总是把1000只到3000只羊合成一大群，由几个牧人看管。在夜里，牧人加强防范，把羊集中在尽可能隐蔽的地方，羊群的每一边都睡上一个牧人。羊天生胆小，稍有骚乱，就会被吓得东逃西窜。但是羊群最大的特点是天生有跟随首领的本能。牧人巧妙地利用了羊群的这个特点，在羊群里放了六只长着胡子的老山羊，作为头羊。每当夜里遇到警报的时候，羊群就紧紧地围着这些老山羊寻求保护。很多次它们都是这样才没有被吓散，得到了牧人的保护，躲过了劫难。但也不是每次都有这样的好运气。

去年11月底的一个晚上，两个彼里柯的牧人被狼群的袭击惊醒了。羊群拥挤在老山羊的周围，老山羊成了羊群的主心骨，它沉着地站着，显出一副勇敢无畏的样子。但是这回来犯的可不是一头普通的狼啊，是洛波狼王！老狼王马上意识到老山羊是羊群的头领，正所谓"擒贼先擒王"，只见老洛波飞快地从密集的羊背上跑过去，扑在领头的老山羊身上。没用几分钟，老洛波就把山羊咬死了，然后这些不幸的羊就失去了"方向"，马上向四面八方乱窜了。此后的几个星期里，每天都有几个焦虑不安的牧人跑来打听失散的羊群。我只能说见过，要么在钻石泉见到过五六只死羊，要么在玛尔丕山上看见一小群羊乱跑，要么看见 20 只刚刚被杀死的羊。

终于，捕狼机运到了。我和两个助手采用了所有能够想得到的

捉狼方法，用了整整一个星期才把它安装好。捕狼机布置好的第二天，我便骑着马去侦察。走了没多久，我便发现了老洛波在每一架捕狼机边走过的脚印。从脚印上我能看得出它那天晚上的全部活动轨迹。它在漆黑的夜里跑来，立刻发觉了第一架隐藏着的捕狼机。它马上命令狼群停止前进，小心翼翼地扒开捕狼机四周的土，直到捕狼机、链条和木桩全部暴露出来才离开。然后狼群继续前进，用同样的方法收拾了我们精心架设的12架捕狼机。可是，所有的捕狼机的弹簧还照样儿绷得紧紧的。我仔细观察了老洛波的脚印，发现它一旦发觉形迹可疑，便马上停下步子，小心翼翼地走到捕狼机的另一边。

这时我灵机一动，如果把捕狼机布置成"H"形，不就有机会了吗？我在路两边放上两排捕狼机，再在"H"当中的一横上放上一架。这可真是天罗地网啊，老洛波就是插翅也难逃了。可是没过多久，我这个计划又告失败了。

老洛波果然顺着这条路来了，它走进两排平行的捕狼机中间时，才发现当中的那架捕狼机，只要再走一步它就会被抓住了。让人吃惊的是它竟然在触发机关的一瞬间，停住了脚步。只有天知道它是如何发现这个精心设计的陷阱的。在进退维谷间，它竟然慢慢地、小心地、一寸不歪地沿着自己走过的脚印退了回去，而且每一步都分毫不差地踏在原来的脚印上，直到离开了危险区域。接着，它来到另一边，用后脚扒拉土坷垃和石头块儿，把捕狼机的机关统统关上了。

这样神乎其神的行为，狼王洛波干过不少次。虽然我频频改换策略，更加谨慎，但是没有一次能够瞒过它。它聪明机灵，绝不会出半点岔子。要不是后来那头倒霉的母狼，它这样一个无敌的英雄，怎么会因为伙伴的轻率大意而断送了性命呢？说不定直到现在，老洛波还在干着它那强取豪夺的勾当哩！

4. 白狼布兰卡

有一两次，我发现了这群狼有一些不太合乎一般狼群的形迹：从狼群的脚印上可以清清楚楚地看到，有头较小的狼常常跑在狼王前头。这群狼的首领是老洛波，竟然有别的狼敢跑到狼王前面！这太不符合狼群的规则了。

直到后来，有个牧人说："今天我看见它们啦！离开狼群乱跑的那头狼是布兰卡。"噢，瞬间我脑子里亮堂了，布兰卡是头母狼，要是一头公狼胆敢这么做，老洛波马上就会干掉它的。这个发现太重要了，我

马上有了一条新计策。

我宰了一头小母牛，然后把一两架捕狼机明放在死牛旁边。狼群能一目了然地看到捕狼机。然后，我割下牛头，把它当作废料，放在离死牛不远的地方。在牛头旁边，我非常小心地隐藏了六架扎实的、彻底消除过气味的钢质捕狼机。为了不让狼群嗅到人的气味，在布置捕狼机的时候，我的手上、皮靴上和工具上都抹了新鲜的牛血，还在地上洒了些牛血，好像是从牛头里淌出来的一样。埋好捕狼机后，我又用山狗皮把周围扫刷了一遍，再用山狗脚在捕狼机上打了一些脚印子。牛头放在一堆乱树丛旁边，中间留着一条狭窄的过道，在这条过道上，我又埋伏了两架最好的捕狼机，把它们跟牛头拴在一起。

狼都有一个习惯，一旦闻到动物鲜血的味儿，为了看个究竟，即使不饿，也要瞅个究竟。我祈求狼的这个习惯，能使洛波狼群掉进我设的新圈套。显而易见，老洛波能轻而易举地发现我在牛肉上的伎俩，不会让狼群接近牛肉。醉翁之意不在酒，我的希望在牛头上，因为它看起来像是被当作废料扔在一边。

第二天，我满怀希望去查看这个精心布置的陷阱。哈哈，老洛波果真上当了，我真是高兴坏了！这周围全是狼群的脚印子，但放牛头和捕狼机的地方，什么都没有。我赶忙研究了脚印：虽然老洛波制止了狼群走近牛肉，可是，有一头小狼，跑去看放在一边的牛头，而且不偏不倚，正好踏进了一架捕

狼机。

　　我们马上沿着脚印追赶过去，走了不到 1 英里，我们发现了这头倒霉的狼，正是白狼布兰卡。虽然被 50 多磅重的牛头拖累着，但它还是在一个劲儿地朝前挣扎，很快就把我们这一伙步行的人甩得老远。但跑到山边时，我们就赶上了它。因为牛角被挂住了，布兰卡无法动弹。布兰卡是我见过的最美丽的母狼，它浑身油光雪亮，几乎成了白颜色，真是漂亮极了！

　　它转过身准备最后的战斗。它朝着山谷用尽全力发出了一声震撼的长嚎，来召唤它的伙伴。这是布兰卡生命里最后一次嗥叫了。在远远的山地上，传来了老洛波一声深沉的回答。我们慢慢逼近它，它也鼓足了全部的力气，准备搏斗。但是胜负很快就分出来了。我们朝狼脖子上扔了几根套索，然后用马往相反的方向使劲拉，直到布兰卡嘴里喷出了血，眼睛发呆，瘫倒在地。我们兴高采烈地带着死狼凯旋，终于给了喀伦坡狼群一个致命打击，兴奋极了。

5. 狼王情深

　　我们杀死了布兰卡之后，时常能听见老洛波的嗥叫。它在远处的山地上徘徊，似乎是在寻找布兰卡。它从未抛弃布兰卡。可是，怕枪的本能又让它不敢太靠近人类。当我们带走布兰卡的时候，它明白了，它不可能斗得过我们，也没有办法搭救布兰卡。那一天，我们一直听见它在四处找寻，一直在无奈地哀声嗥叫。我对一个牧人说："这回我可真的明白啦，它跟布兰卡的确是一对儿。"

黄昏时，它的叫声越来越近，它朝山谷里走来了。它的声音变得冗长，成了哀号，声音里充满着悲伤和绝望，好像在喊着："布兰卡！布兰卡！"当黑夜降临的时候，我听见它在布兰卡被杀死的地方的附近徘徊。它好像发现了布兰卡的痕迹，当它走到我们弄死布兰卡的地方时，它那伤心的哀号

声，听起来真叫人可怜。哀怨的嗥叫声催人泪下，连那些心肠挺硬的牧人听了，也说："从来没听见一头狼像这样叫过。"它好像已经把事情的经过全部弄明白了，因为在母狼死去的地方，沾染着不少鲜血。

后来，它跟随着我们的马蹄印，来到了牧场的屋子跟前。它想干什么呢？找布兰卡，还是想报仇？我们无从得知。结果是它报了仇。它惊动了在屋子外面的那条倒霉的看门狗，就在离屋门不到50米的地方，老洛波把它撕成了碎块。狼王失去了爱人，同时也失去了理智和狼本能的戒备。这次它是独个儿来的，因为地上只有一头狼的脚印，它跑的时候，脚印散乱、随意，看来对路上的情况一点也不注意。这真是极罕见的事情。

我从狼王的表现中马上发现了捕捉狼王的机会。狼王因为失去了心爱的伴侣，伤心欲绝，甚至有了轻生的念头，所以对周围的环境失去了狼应有的警觉，这就是我的机会。我在牧场周围加设了一批捕狼机。老洛波确实踏中过其中一架，可是它力气太大了，挣脱了出来，并把捕狼机扔在了一边。我想，它肯定还要在附近这一带继续找下去，至少也要找到布兰卡的尸首才肯罢休。这真是千载难逢的好时机，我一定要在它离开这个区域之前，趁它丧失理智、什么也不顾的时候，把它逮住。直到这个时候，我才意识到：弄死布兰卡是一个多大的错误。如果我用母狼作诱饵的话，第二天晚上我可能就逮住它了。

我把所有能够使用的捕狼机都集中起来，一共有130架扎实的钢质捕狼机。我把这些捕狼机分成四组，安置在每一条通往山谷的路上，每一架捕狼机都拴在一根木桩上，然后把木桩子埋好。我小心地掀开草皮，把挖起来的泥土一点不落地全部放在毯子里，等埋好木桩子后再重新铺好草皮，把一切都弄妥了，看不出一丝人动过的痕迹。捕狼机隐藏好以后，我又拖着布兰卡的尸体，往各处的捕狼机处走了一遍，还在牧场周围绕了一圈，最后我割下布兰卡的一只爪子，在经过每一架捕狼机的路线上，打上了一溜脚印子。我把凡是我知道的计策全用上了，一直搞到很晚才睡觉。剩下的，只能听天由命了。

一天夜里，我似乎听见了老洛波的声音，但是我不能确定。第二天一早，我便骑上马去查看，还没看完山谷北面的路线，天就黑了下来。我一无所获。吃晚饭的时候，有个牧人说："今天早晨，山谷北面的牛群闹得很凶，恐怕那边的捕狼机逮住什么东西了。"直到第二天下午，我才跑到牧人所说的那个地方。走近那儿的时候，我看见一个巨大的灰溜溜的家伙正从地上挣扎着起来，想要逃跑。我一看，哈，在我面前站着的，正是喀伦坡狼王——老洛波！它被捕狼机给扎扎实实地"咬"住啦！

6. 狼王的尊严

可怜的老英雄！它无时无刻不在想念自己的爱人，无时无刻不在寻找自己的爱人，一旦发现了布兰卡的尸体留下的痕迹时，就不顾一切地跟来了。这时它的心里只有布兰卡，什么陷阱、危险都被抛到九霄云外了。它被 4 架捕狼机紧紧地咬住，已经没有办法逃脱了。在它四周，有好多牲畜的脚印，这是牛群围在它的旁边，侮辱这个没落的专制暴君时留下的，但它们又不敢跑到狼王还可以够得着的地方去，狼王虽然被夹住了，但它的余威足以让这些牲口胆寒。

它在这儿躺了两天两夜，已经挣扎得筋疲力尽了。可是，当我走近它的时候，它还是挣扎着爬起身来，耸着毛，扯开嗓子，山谷里最后一次振荡起它那深沉的嗥叫声。这是求救的呼声，是召集狼群的信号。但是，让它失望的是狼群里一个响应它的回声也没有。它孤零零的，走投无路了。

它用尽全力扭动着身子，拼命向我扑来。这是白费劲儿，每一架捕狼机都是 300 磅以上的累赘，它在 4 架残酷的捕狼机的控制下，每一只脚都被大钢齿咬住了。那些大木桩子和链条，又全缠绕在一起，它已经毫无办法了。我鼓起勇气，用枪托子去碰它，于是，枪托子上面留下了老洛波的牙齿印，直到今天都还保留在那儿。可见，它那象牙色的大牙是怎样啃噬无情的铁链的。在它枉费气力、想抓住我和我那匹吓得发抖的马的时候，它的眼睛里闪烁着绿幽幽的光，充满了憎恨、愤怒和绝望，爪子在地上扒出了一道很

深的沟。但是，饥饿、挣扎和不断地流血，耗尽了它的气力。不久，它就筋疲力尽地倒在了地上。

老洛波和它的狼群不知害死了多少牛羊，抓住它真是为民除害了。但当我准备处决它，让它遭受自己应该得到的报应时，我的良心却又开始不安了，是因为我利用了老洛波的感情才抓到它而感到

不安，还是为老洛波的情谊所感动而不安呢？

"你这恶棍，真是罪无可赦，不用几分钟，你就成一大堆死肉了。"我在心里给自己鼓了鼓劲，挥起套索，"嘘"的一声朝老洛波的脑袋扔了过去。这一扔发生了意外，它不等套索落在脖子上，就截住了套索，使劲一咬，又粗又硬的绳索，竟然被它咬成了两段，掉在它的脚跟前。看来要让它服服帖帖，还差得远呢。当然，不到万不得已，我是不会用枪的，那可是最后一招，因为我不想损坏它那张宝贵的皮毛。于是，我骑马奔回营地，找来了一个牧人和一根新套索。我们先把一根木棍朝这头倒霉的狼扔了过去，它一下子就咬住了木棍。在它没来得及吐掉木棍的时候，我们的套索已经"嗖"地飞了出去，并紧紧地套在了它的脖子上。

这时候，它凶猛的眼睛发出愤怒的亮光，套上套索对狼王来说是奇耻大辱，它那高傲的秉性激发了它宁为玉碎不为瓦全的精神，它藐视利用情感设计诡计的人类，展示出一脸视死如归的神情。我赶忙喊："等等，咱们别忙弄死它，把它活捉到牧场去。"它挣扎得一点气力也没有了，我们很容易地往它嘴里捅了一根粗棍子，塞在它的牙齿后边，然后用粗绳绑住它的爪子，再把绳子系在木棍上。木棍拉牢了绳子，绳子又拉牢了木棍，这么一来，它就没法伤人了。它的爪子被绑起来以后，它也不再反抗了，因为它知道它已经无法逃脱了，就这样它被我们彻底制伏了。但是它一声不吭，只是沉静地瞅着我们，好像在说："得了，你们到底把我给逮住啦，爱把我怎么办就怎么办吧。"打那时候起，它也不再理睬我们了。

我们牢牢地绑住它的脚，它一下也没有哼哼，也没有叫唤，连脑袋都没有转动一下。接着，我们两个人一起用力，才刚刚能够把它抬到马背上。这时，它的呼吸很均匀，像在睡大觉似的，眼睛却变得明亮清澈了。看来，它知道自己的大限已到，无论怎么乞求或者挣扎都将无济于事，索性安享这最后的时光。它没有瞧我们一眼，只紧紧地盯着远处一大片起伏的山地——那是它统治过的王国，曾经驰骋的战场，它是统治那片土地的无可争辩的王，那里留下了它的威名。它那赫赫有名的狼群，现在已经东离西散了。它就这样一直盯着，直到后来马走下了山坡，走进了山谷，岩石把它的视线切断了。

我们慢慢走着，终于安全地到达了牧场。我们给它上好项圈，套上一根粗链子，并把它拴在牧场的一根桩子上，这才敢把它的绳子解掉。这时候，我开始近距离地仔仔细细地观察它。人们关于这位英雄或暴君的传说，是多么不靠谱。它的脖子上没有什么金圈儿，肩头上也没有什么表示它和魔王结盟的标记。不过，它腰部的一边，有一块大伤疤。据说，这是坦纳瑞的猎狼狗领班裘诺留下的牙齿印——裘诺被它杀死在山谷沙地上，死之前给它留下的伤疤。

我把肉和水放在它旁边，可是它看都不看一眼。它平静地趴在那儿，用它那双坚定的、黄澄澄的眼睛，透过山谷入口，凝视着远方空旷的原野——那里曾经是它的原野啊！它是在留恋过去的自由，还是在为自己的冒失自责呢？当我碰它的时候，它一动不动。太阳落山的

时候，它还在死盯着那片草原。我以为到夜里它会把它的狼群叫来，所以做好了准备。可是它只在走投无路的时候叫过一次，狼群里没有一头狼来救它。之后，它就再也没有叫唤过狼群了。狼王的傲慢让它不屑于再向别人乞求。

老人们常说，如果一头狮子耗尽了体力，一只老鹰被剥夺了自由，或是一只鸽子被抢走了伴侣，都会因心碎而死。我知道，这个残忍的强盗也经不起这样的三重打击，终于伤心欲绝，抛弃了这个世界。

第二天天亮的时候，它仍然平静地躺在老地方。不过，它已经没有了气息——老狼王死了！我取下它脖子上的铁链，在一个牧人的帮助下，把它抬到了放置布兰卡尸体的小屋里。当我们把它放在母狼的身旁时，那个牧人大声说："来吧，你现在找到它了，你们可以永远在一起啦！"

雄鹿的脚印

1. 邂逅野鹿

桑德希尔森林是加拿大还没开发的原始森林。现在正值盛夏，森林里又闷又热。火辣辣的太阳把草地上的水洼炙烤得热气腾腾。

这一天，本地一个姓杨的小伙子，正在森林里抓鸟。他跑得满头大汗，气喘吁吁地向一眼泉水走去。他经常在附近转悠，知道这一带只有这个地方才能喝到清凉干净的清泉水。

终于找到了！

他快走几步到了泉水旁边，弯下腰就去捧水喝。但他又一下子愣住了，原来他发现泉水边的泥地上有几个动物的脚印。杨从来没有见过这么美丽的脚

印，于是蹲下来仔细地辨认起来，啊，这是野鹿的脚印！他兴奋得心脏扑通扑通直跳。

他回到家里把他的发现告诉了前辈们。可是前辈们告诉他："这边的山丘已经很久没有发现野鹿了，你肯定是看错了。"

杨很快就忘记了这件事。

冬天来了，天空飘起了雪花。有一天，杨突然想起在泉水边发现野鹿脚印的那个夏日，他确信自己没有看错，肯定是野鹿的脚印。杨大约二十岁，正是初生牛犊不怕虎的年纪，他身材高大，一双脚强健有力，全身洋溢着青春的活力和不服输的精神。"总有一天，我会捕到那只野鹿来证明我自己的。"他心里想着。外面下着雪，正是捕猎的好时机，他说干就干，取下墙上的猎枪，便进山打猎去了。

杨不怕辛苦，在白雪皑皑的山上寻找了好几天，走了几十公里。遗憾的是，他没有发现一点儿野鹿的痕迹。每天晚上他都失望地回到自己的小屋。但是他有着执着、坚韧的精神，不会轻易放弃捕鹿的念头，他每天仍旧冒着严寒，继续上山寻找。

有一天，他沿着一条朝南流淌的山涧走了很远。忽然，他在雪地上看见了几个动物的脚印。脚印有点模糊，但能清楚地看到向远方延伸的方向。杨一下子兴奋起来，几天来的郁闷心情一扫而光，只听得心脏怦怦直跳。这些脚印虽然模糊不清，但能肯定是野鹿的脚印。开始一段的脚印模糊不清，杨无法判断鹿离开的方向。他跟踪着脚印往前走去，渐渐地，脚印清楚了，杨认出了脚印较尖的一端，马上确定了追捕的方向。他还注意到前脚脚印与后脚脚印间的距离，在上坡的时候短，而下坡的时候长。沙地上也露出了明显的脚印，这证实了他的判断。

他顺着脚印，穿过白茫茫的山林，飞快地跑了起来。雪地上的脚印越来越明显，杨兴奋得脸红扑扑的。他沿着脚印一直走到傍晚，这时候脚印改变了方向，朝着杨住的小屋的方向而去，最后消失在幽深繁茂的白杨树林里。天色已晚，杨直到看不清脚印才停止了追踪。他观察了四周的环境，估摸这里距离他住的小屋只不过十多公里，决定先回住的地方。两个小时后他便回到了小屋。

第二天早晨，杨早早地起来，来到昨天最后离开的地方，要继续追踪下去。没想到，昨天是一道脚印，今天多出了好几道，这些脚印错杂在一起，搞得杨不清楚该追哪一道才好了。

于是，他就在这些脚印附近寻找线索，终于发现其中有两道脚印特别清晰。杨认定目标后，便顺着脚印追踪下去。他全神贯注地盯着雪地上的脚印，一步一步地向前走去，没注意正走近树林。当走进树林时，前面突然跳出两只灰色的大耳朵动物，他吃了一惊。它们看到杨也吓了一跳，迅速跑到离他50米远的一个土坡上，侧着身子，瞪着两只大眼睛凝视着杨。杨看着它们温柔的目光呆住

了，这目光像初升的太阳，没有一丝敌意或恐惧，柔和得让人感到一丝丝温暖。

这时，杨已看清楚了，它们正是自己几星期来日思夜想要捕捉的野鹿。他对捕捉野鹿充满了热情，在这山林里追逐了几十公里，此刻应不会错过这个千载难逢的好机会。可当他和野鹿的眼神对视

之后，他想要捉到野鹿的欲望一下子就抛到九霄云外去了。他心里暖暖的，脸上只有惊讶和赞叹。他不自觉地发出了一声赞叹："真美丽啊！"

他站在那里，愣愣地看着那两头鹿。两头野鹿看他站在旁边，回头跑了两三步，到了一个平地，便开始互相追逐起来，好像没有看见他似的。

杨的眼睛没有离开过这两头鹿，他惊讶地发现，鹿只用蹄子在地上轻轻一蹬，就能轻轻松松地跳到两米半高。两头鹿一次比一次跳得高，姿势轻盈优美，它们真是动物界的舞蹈家啊！它们身体后半部的白色长毛被风吹得竖了起来，像两只鸟儿，轻快地飞翔在幽静的山谷间。

他被野鹿那轻盈可爱的动作吸引住了。不一会儿，野鹿就蹦蹦跳跳地跑向树林深处去了，杨一声不响地注视着它们，竟然没有举枪射击的念头。

为了不惊吓到这两头鹿，杨等鹿的影子完全消失后，才走近它

们刚才追逐玩耍的地方。他仅仅发现第一个脚印，却找不到第二个脚印。走了几米后，他才惊奇地发现，第二个脚印竟在五米开外。再往前，脚印之间的距离更远了，有的相距七八米，有的甚至有十米远。

真是不可思议！野鹿奔跑的时候

不是跑而是跳，每次落下，只是用蹄子轻轻触地而已。杨不禁喃喃自语："真是跳得好！跳得妙！今天大开眼界了，我看到了这么美丽的动物和这么美的事情！这里的人以前肯定没有见过这种景象，要不然他们一定会向我吹牛的。"

2. 战胜狼群

杨第二天就后悔了。人对没有得到的东西往往会念念不忘。果然，他一早起来就在那嘀咕："我还要上山寻找野鹿，这次我不会再那么仁慈了，我要像狼一样追赶它们，和它们比智慧，比耐力，我倒要看看是它们跑的速度快，还是我的子弹快！"

杨早早地上山了。山上的景色真美啊！一望无际连绵起伏的山丘上，散布着湖泊、森林与草原，一片生机勃勃的景象。杨被眼前的景象感染了，浑身也充满着活力。

"这是我的黄金时光，是我最快乐的时光，美好的青春闪烁着耀眼的光芒，照亮我的人生。"杨在后来的岁月里，经历了许多事情之后，印证了这一段"黄金时光"值得他永远铭记。

杨迈开步子像野狼一般向前走去，他走得虎虎生风，惊动了躲在草丛中的野兔和在树林中歇息的鸟儿。杨没有心思管这些小猎物，一心一意地寻找着野鹿的脚印。这些脚印是世界上最古老的文字，比远古埃及的象形文字更有趣，更令人兴奋。经验丰富的猎人能从动物的脚印中读到很多有用的信息和线索，这是他们捕猎的最佳助手和工具。

山里的雪花没有停过，像是故意给杨添乱，覆盖了树林里所有的一切，到处是白茫茫的一片，什么也发现不了。杨在树林里转悠了一整天，却一无所获。

大雪并没有能阻碍杨的步伐，第二天杨还是准时出门了。雪还是没有停下来的意思，晚上杨又空手而归。就这样，一连好几个星期过去了，杨不知道翻过了多少波浪似的丘陵。有时候，为了节省时间，他就在冰冷的雪地上过夜。他偶尔发现过断断续续的脚印，也曾经看到过鹿的影子轻盈地飘过山丘，但转瞬间就消失得无影无踪了。有人说曾在木材工厂附近的森林里见到过雄鹿。杨见到过那只雄鹿留下来的脚印，但从没发现雄鹿的踪影。杨决定仔细查看那附近的几条路，只要发现雄鹿，他就马上开枪。可是他连举枪瞄准的机会也没有了，因为打猎季过去了。杨与野鹿的这次美丽邂逅，是一次愉快的失败，野鹿给他留下了无法忘怀的美好印象。

一年很快就过去了，又快到打猎的季节了。杨对雄鹿的传说早已着迷了，不等打猎季节来临，他就整装出发了。

远处的山峰名叫"沙丘雄鹿"，据说有一头巨大的雄鹿曾经在上面停歇，因此得名。这头雄鹿被人们传说得神乎其神：身材伟岸高大，跑起来犹有神助，而且还长着一对像皇冠一样美丽的鹿角，就像用青铜雕刻而成的，尖尖的前端闪着象牙般的光芒。

　　天空中又开始飘雪花了，这样雄鹿就会现形了，因为地面上会留下雄鹿的脚印。杨约上了几个伙伴一起出来打猎，他要捕捉雄鹿的热切心情感染了同行的伙伴，于是大伙儿一起驾着雪橇来到了史布尔斯冈。大家先分头去找，约好傍晚时分在原地集合。

　　史布尔斯冈附近的森林里，有很多野兔和雷鸟，空气中弥漫着猎人们射击后的火药味，但是他们没有发现雄鹿的任何痕迹。杨悄悄地走出森林，独自向甘乃迪平原走去。他想，美丽的雄鹿也许会在那里出现。

　　他走了大约 5 千米，就看到了雄鹿留下来的脚印。哦，这么大的脚印，它的体形一定很大！杨立刻猜到那一定是沙丘雄鹿的脚印，他一下子振奋起来，浑身充满了活力，开始像野狼一样追踪过去。

　　他跟踪脚印走下去，忘记了时间。到了傍晚时分，他才想起与伙伴约定集合的事，然而这时他距离史布尔斯冈已经很远了。杨估计了一下，即使立刻动身返回，大概也要太阳下山后才能回到史布尔斯冈，那个时候伙伴们一定都回去了。既然赶不上了，又何必再去赴那个约定呢？于是他决定继续追下去。他非常自信自己即使没有别人的帮忙，也能像雪橇和猎狗一样在雪地里行动。杨的力气好像永远使不完，他步行 10 千米，跟别人走 1 千米没有什么两样，他可以整天不停地翻山越岭，回到家后，仍然精力充沛。

　　约定的时间一过，伙伴们看杨还没有回来，便驾着雪橇回去了。他们虽然回去了，可是心里还是有些为杨未按约定返回而惴惴不安。但他们绝对没有想到，在这刮风下雪的山中，杨正享受着一种从未有过的喜悦。

风雪越来越猛烈了，仿佛要将人吞噬，但杨年轻的身体燃烧着生命旺盛的火焰。他看到了甘乃迪平原壮丽的景色：红霞把白色的雪地映得通红，连白杨树林也好像被点燃了似的，闪耀着红色的光芒。杨在慢慢暗下来的森林里独自徘徊，多么美妙呀！不知不觉中，黄澄澄的月亮已经爬上了树梢，柔和的光照在地面上，杨的影子也越来越浓了。杨唱歌似的说：

"现在是我的黄金时光，这是我一生中最快乐的时刻，我要享受现在的每一分每一秒。"

杨趁着夜色，走回了史布尔斯冈，他朝着森林大喊了一声：

"你们还在吗？"

大地一片沉寂，没有一声回应。杨耸起耳朵，聚精会神地倾听，终于，从甘乃迪平原方向传来了几声微弱的狼嗥，"呜呜"的声音回荡在空气中，使得夜显得更加寂静。杨听出来了，这是狼在围捕猎物时相互呼应的叫声。声音渐渐地清晰起来，也越来越激昂。

杨模仿狼群嗥叫了一声，黑暗处马上传来许多应和的声音。杨马上意识到："原来狼群窥伺、追踪的猎物就是我呀！"他打了一个冷战。作为一名猎人，他知道，在这么寒冷的天气，爬到树上躲避狼群是不可能的。与其躲避不如和狼群正面交手，他是人类，有着高级的智慧和勇气，而且手里有枪，对狼群也有一定的震慑

作用。于
是，他干脆走到
草地中央，坐在洒满月光
的雪地上，手上紧握着猎枪，机警
地望着周围。他身上挂着子弹的皮带，在
月光下闪着威严的冷色光芒。在这个生死关头，杨
的内心既恐惧又兴奋，真是从未有过的、不可思议的体验。

　　狼群呼应的声音此起彼伏，慢慢地靠近他，那是一种深沉的、
有节奏的叫声，声音到了森林边缘，突然停止了。月光皎洁，照得
大地如同白昼，杨威严地坐在草地中央，纹丝不动，犹如一尊雕
塑。狼群躲在黑暗的森林里，密切地监视着杨，静静地等待着下手
的机会。

　　人和狼就这样无声地对峙着，这既是一场心理战，也是一场毅

力战。一阵可怕的寂静过后，杨右边突然发出小树枝"咔嚓"折断的清脆响声。紧接着，从左边传来低低的"呜呜"声。突然，一切又归于寂静。杨感觉到，狼群正在悄无声息地接近他，一双双狼眼目不转睛地窥视着他。杨更加紧张了，握枪的手渗出了细汗，他全神贯注地听着、看着，时刻准备着一有风吹草动，马上开枪射击。可是，他却什么也没看到。

狼和人类都属于食物链的顶端，在这个雪地上，两者在相互算计如何打败对方，天性在这个捕猎场发挥着极其重要的作用。杨清楚地知道，如果此时站起来马上逃走，他的后背就会露出破绽，一定会遭到狼群的围攻而丧命；狼群也清楚地知道杨手里那把猎枪的威力，没有十足的把握，它们也不会轻举妄动。双方最好的策略就是以静制动，看哪一方的定力更强，哪一方的心理最先崩溃。

人和狼就这样悄无声息地对峙了好一会儿。终于，狼群没能战胜人类的意志，它们知道杨是个经验丰富的猎手，是个不好惹的角色，狼群经过短暂的"商量"后，便纷纷转头离去，走进森林里去了。

杨坐在地上又静静地等了20多分钟，确定狼群已经走远，不会再返回后，才站起身来，慢慢地走回家。他边走边想："唉，今天我才真正体会到森林里的鹿整天提心吊胆、谨小慎微地随时防备敌人偷袭的感觉了。这种生死悬于一线的滋味真是再也不想尝试了。当它们听到走近的脚步声或枪的'咔嚓'声时，那种感受大概跟我刚刚所经历的一模一样吧！"

猎人的生活继续着，杨每天都坚持外出打猎，他把史布尔斯冈这一带的地形摸得更加清楚了。只要看到地上有一点痕迹，不管是多么细微模糊的痕迹，他都能很快地判断出周围的状况，而且能够坚持追踪下去。

当然，杨在这场永不停息的追踪过程中，有时候也会发现沙丘雄鹿的脚印。

3. 印第安猎人

一天，刚刚下过大雪，大地上铺满了一层厚厚的雪，杨又出去打猎了。他穿过高大的枞树林，听到山雀在歌唱。山雀活跃的时候预示着春天就要到了，看来打猎的季节又要接近尾声了。

在路上，杨遇到一位樵夫。樵夫对杨说："昨天夜里，我在森林中遇到了两头漂亮的鹿，一头母鹿，还有一头大大的雄鹿，雄鹿头顶上长着像鸟巢一样的大角。"

杨听了，精神一振，他终于听到鹿的消息了，他要去看个究竟，于是跑到樵夫所说的地方。果然，地上有很多鹿的脚印，有几个很像是在泉水旁的泥地上见过的，有的还特别大。应该没错，这些一定是沙丘雄鹿的脚印。

杨想要找到沙丘雄鹿的热情马上被激发出来。他一跃而起，沿着雄鹿的脚印找下去，他越过重重的森林、山丘，跟随雄鹿的脚印，紧追不舍。

终于，他发现脚印与脚印间的距离越来越短了，看来，雄鹿似乎没有在用尽全力地跳跃，应该不远了，真是难得的好机会啊！到了下午，地上的脚印更加明显了。杨扔掉了一些不需要的东西，沿着雄鹿走过的痕迹，开始像蛇一样匍匐前进。杨心里想："这个冬天够长的了，现在，这两头鹿大概是出来寻找食物的。"

继续追踪一段路程后，果然，在草原和树林的边缘处，杨发现了有什么东西在闪动。"说不定真的是雄鹿！"杨静静地观察着。

不一会儿，他在灰色的树林中，看到了一个粗圆木般的灰色东西，顶着两支粗粗的、树枝一样的角。哦！它还长着耳朵。接着，树枝般的角也动了。杨不自觉地颤抖了一下——那正是他梦寐以求的沙丘雄鹿！这是多么高贵而充满生机的姿态啊！它多像穿着高贵的毛皮衣裳、戴着美丽皇冠的国王呀！

"这头美丽的雄鹿竟然丝毫没有察觉到危险的到来，如果此刻我射杀了这头高贵的动物，岂不是犯下了动物界的大罪吗？上帝会宽恕我吗？但是，我这几个月的辛苦奔波，不就是为了要捕猎它吗？现在机会终于来了，怎么能轻易放过呢？"杨内心经过一番激烈的挣扎后，终于鼓足了勇气，拿起枪开始瞄准这头雄鹿。

然而，可恨的手却不听使唤，一直在发抖，枪口不住地来回摇晃着。杨的呼吸更加粗重了，喉咙好像被什么东西卡住了，呼吸很困难，脸也一阵阵发热。

"到底该不该扣动扳机？"他心慌意乱，还是没有拿定主意。

杨只好暂时把枪放在雪地上，因为他太激动了，手不停地颤抖，无法握住枪来瞄准射击。他试着深呼吸了一下，一阵冷气吸进

身体里，让他恢复了镇静。他又拿起了枪，开始瞄准。就在这时，雄鹿已经在用眼睛、耳朵、鼻子不断地向四周侦察，终于，它面朝着杨停了下来。

据老猎人们的传说，古代有一位国王，微服私访，没有携带任何武器和随从，途中遭到歹徒的袭击。国王用眼睛盯着拿着刀子的歹徒，从容不迫地说："你有勇气杀我吗？"歹徒看到国王那威严、镇定的神色，不由得胆怯起来了，最终落荒而逃。国王凭着那股威严的气概躲过了一劫。

杨现在就像那个歹徒，当他面对雄鹿的时候，竟然像歹徒看到国王一样，鹿的眼神像是有着磁铁般的吸引力，使得他的身体一直在发抖……最后，杨的意志和好胜心战胜了胆怯和怜悯之心，他扣动了扳机，子弹飞了出去。可是，第一枪瞄得太低了，子弹落在了前面的雪地里。雄鹿听到枪声，一下子弹跳起来。这时杨看到了母鹿。他又开了一枪，可是还是没有打中。在这短暂的几秒钟里，那两头鹿已经跃出了十几米远。当他准备开第三枪的时候，那两头鹿已经轻快地跃过了丘陵，像风一样消失了。

杨懊恼极了，煮熟的鸭子就这样飞了。他不甘心，飞快地追了过去。然而，鹿消失的方向没有积雪，脚印不见了。杨气得咬牙切齿，十分懊恼。

杨垂头丧气地又追了3英里，这时，杨发现雪地上多了一个新的鞋印，那是印第安人的鹿皮鞋印。这种鞋有着特殊的构造和形状，鞋底和鞋面是用同一张鹿皮制成的，前端圆圆的，很好辨认。

鞋印呈一条直线，说明是古利族猎人留下的。看到这些鞋印，杨心里不舒服。他跟踪这些脚印走去。当爬上一道斜坡时，他看到一个身材高大的印第安人从木头上站起来，很亲切地向他挥挥手。

杨从后面跟踪他，却被他先发觉了。杨很不客气地质问他：

"你是谁？"

"我叫加斯卡。你好！"

"你在我的土地上干什么？"

加斯卡没有生气，用很平和的语气回答道："这原本是我的地方。"

杨指着雪地上的痕迹说："你追踪的是我的鹿。"

"山中的鹿，谁有能力捕获，就是谁的。"

"我追踪的鹿你最好不要插手，以免惹来麻烦。"

"我不怕。"

加斯卡说完，伸开双臂，像是要把土地环抱起来据为己有，然后很温和地说：

"我们在这里斗嘴是没有用的。一个好猎人自然可以获得很多鹿。"

这就是他们初次见面的情形。此后几天，杨和加斯卡在一起寻找那两头鹿。虽然他们没能猎到那头顶着美丽大角的雄鹿，杨却学到了更好的东西——如何成为一名优秀的猎人。

加斯卡告诉杨不要翻越丘陵紧紧跟踪鹿的脚印，因为鹿非常聪明，也非常机警，只要看到有人越过丘陵，它们就会马上藏起来。

加斯卡又教杨如何辨识痕迹，如何用手碰触印痕，而且还要用鼻子嗅闻痕迹的气味，这样不仅能够知道鹿跑开多久，离此地有多远，而且可以猜测出鹿的年龄和体格。加斯卡又教杨追鹿的技巧，即使知道鹿在附近，也不能跟得太紧，以免暴露自己的行踪。他还教杨如何把手指弄湿，伸到空中辨识风的方向。"鹿的鼻子是潮湿的，大概就是这缘故吧！"杨听了加斯卡关于捕猎的技巧，频频点头，受益匪浅。

他们两人有时在一起打猎，有时也会分开。

一天，杨独自一人追踪一头鹿的脚印。脚印一直延伸到树林里——如今，这里叫作加斯卡湖畔。

杨蹑手蹑脚、小心翼翼地跟在那些清晰的印痕后面，一会儿就听到森林里嚓嚓的声音，又看到有树枝在摇动。他马上端好枪瞄准前方，准备一有动静，立即开枪射击。不一会儿，他依稀看到枝叶那边有动物在动，正当他瞄准要扣动扳机时，突然看到了一根红色的带子，于是立刻停下了手。那个"动物"跑出来了，竟然是加斯卡。

杨吓了一跳，结结巴巴地说："加斯卡……我差点打到你。"

加斯卡默不作声，用手指了指绑在头上的红色带子。杨明白他的意思了，这就是为什么印第安人打猎时，头上总绑着红色带子的缘故。自从这件事以后，杨为了自己的安全，也在自己的头上绑了条红色的带子。

有一天，一群雷鸟高高地掠过他们的头顶，向着枞树林的方向飞去，后面还跟着另外一大群，仿佛所有的雷鸟都要到森林里去集合一样。加斯卡一直静静地看着，然后对杨说："雷鸟躲避到茂密的枞树林，今晚一定会有大风雪。"

果然如加斯卡所料，那天晚上，大地上刮起了凛冽刺骨的大风雪，他们只能一直守在火堆旁边。第二天，大风雪仍然没有停止。到了第三天，风雪终于稍微平息了一点，他们两人又出去打猎了。

这一次，加斯卡不小心把枪摔坏了。他一言不发，只静静地抽着烟。过了一会儿，他突然问："杨，你有没有到穆斯山打过猎？"

"没有。"

"那边有好多动物。你真的没去过吗？"

杨摇摇头，表示确实没有去过。

加斯卡的眼睛望着东方，继续说："今天我发现了修族人的脚印，这可是不好的预兆。这里恐怕会发生不幸的事情。"

杨明白了：加斯卡已经决定到穆斯山去了。

加斯卡走了，从此，两人再也没有机会见面。直到现在，唯一能让杨记起加斯卡的东西，只有位于喀魅力山地中间的寂寞的加斯卡湖。

4. 雄鹿的妻子

与加斯卡分开以后，杨也搬到了东部的乡下。但是，他觉得新环境并不如想象中那么如意。没什么新鲜玩意儿，他每天都过着颓丧的生活。就在这时，他听到了一个好消息：

"喀魅力山附近的鹿越来越多了。在甘乃迪平原和木材工厂中间的森林里，偶尔还能看到沙丘雄鹿的影子。"

又到了一年中最好的打猎季节，杨禁不住打猎季节的诱惑，又开始了"愉快的旅程"。他穿上鹿皮做的猎装后，感觉长出了翅膀，浑身都是力气。和往年一样，他做了好几次远途狩猎，在野外过夜，往往好几天才回到小屋休整一次。

在打猎期间，他听到一个传闻：有人在东面的一个遥远的湖畔，看到过七头又肥又大的雄鹿。杨听到这个消息很兴奋，和三个同伴一起，驾着雪橇，来到东边的湖畔察看。不久，他们果真找到了鹿的踪迹，有六个大小不一的脚印，其中一个显得特别大。

可以肯定，这就是著名的沙丘雄鹿的脚印。

看哪！厚厚的积雪被七条像链子一样前后衔接的脚印踩踏得一片狼藉。猎人们看到这种情形，眼睛一亮，便开始了追踪。

在太阳快要落山的时候，猎人们发现脚印越来越清晰了。杨看到天色已晚，认为再追逐下去可能会有危险，但是猎人们好不容易逮到这个机会，便不顾杨的激烈反对，执意驾着雪橇继续前进。他们从雪地上的脚印发现，那七只鹿曾在丘陵上短暂地停留，并转过头看到了正在追赶它们的人。然后，它们排成一排，大步跳跃着奔跑，前后两个脚印间的距离有八米多。猎人们追了半天也没能看到鹿的踪影，但他们仍然不肯放弃，继续追赶，直到深夜，才匆忙地在雪地上扎营。

第二天早晨，一行人又顺着脚印追赶，不久他们看到雪地上有七个凹痕，很显然是雪融化后形成的，这里肯定是这七头鹿睡觉的地方。这时候鹿的脚印也更加清晰了。杨劝大家离开雪橇，步行追赶，因为鹿群的脚印已经进入密林里了。

当走进那密林时，他们听到一只松鸦不停地叫着。杨立刻发现了鹿，并且做了一个正确的"预言"：如果听到松鸦叫，就是"可以"的信号，我们在这里等待松鸦的暗示，然后再行动也不迟。可是猎人们太兴奋了，不听杨的劝告，开始莽撞地追赶，结果，鹿又

提前发现了他们，逃走了。

持续两天的追踪，让鹿群意识到这群人正在捕捉它们，为了保全种群，它们分成了两组：两头走一个方向，另外五头则往另一个方向逃去。杨和一个叫达夫的猎人一起追赶那两头鹿，其他的人则追赶另外的五头。

杨为什么要这样做呢？原来他也有点私心在里面，他发现那两个脚印中，其中一个特别大，正是杨从两年前便开始窥伺的沙丘雄鹿的脚印。

两人跟踪着脚印不停地追赶。在快接近鹿的时候，他们发现鹿的脚印又分为了两道，杨叫达夫去追捕母鹿，自己则以非常快的速度追赶著名的沙丘雄鹿。这样雄鹿就没有喘息的机会了。追踪了不久，太阳偏西了，杨跟着脚印追踪到了一块长着稀疏树木的大平地上。这是一个杨没有来过的陌生地方。为了追赶沙丘雄鹿，他已经远离了以前打猎的区域。

脚印变得更加鲜明清晰了，可能马上就能接近雄鹿了。正这么想的时候，杨突然听到远处传来一阵枪声。雄鹿听到枪声，受到了惊吓，像长了翅膀一般，疾速向前面飞奔，一下跑出去几里远。

杨赶紧向枪响处追赶过去，不久就遇到了达夫。原来刚才是达夫向母鹿开了两枪。达夫兴奋地说："第二枪好像打中了母鹿。"走了不到1000米，他们发现印痕的旁边出现了血迹。又走了一段路后，印痕变得更深了，这说明母鹿受伤了。

风雪越来越大了，雪地上覆盖了一层新的雪，鹿的脚印变得有点模糊，很难判断。但是杨马上明白了：他们追踪的脚印并不是那只受伤的母鹿的，而是它的丈夫沙丘雄鹿的。

两人沿着脚印追踪了一会儿，终于解开了这个谜团：原来雄鹿看到母鹿受伤了，不顾自己的安危，回来接替母鹿的脚印，为的是让母鹿有机会逃命。这是聪明的鹿群在被追赶时常常使用的脱身之计。当一头鹿被追急了，体力耗尽或者受伤了，另外一头就会接着它的脚印，好像替身一样继续奔跑，用脚印来误导猎人，以此来搭救同伴，而原先那头被穷追不舍的鹿，就跳到旁边隐藏起来，或朝另一个方向逃走，由此躲过一劫，这是鹿群的生存本能。真是聪明的鹿群啊！

现在沙丘雄鹿使用这办法来搭救自己的妻子。猎人们并没有因此沮丧，而是执着地认真寻找着母鹿的脚印。当他们发现滴有血痕的脚印时，就像野狼一样地舔了舔舌头。

两人又走了一段路。雄鹿知道自己的伎俩被猎人拆穿了，回到了母鹿身边。到太阳西沉的时候，他们看到那两头鹿在400米远的地方，正在攀登一道斜坡。母鹿走得很慢，头和耳朵都垂了下来，雄鹿则在它周围急得团团转，不停地跑来跑去，像是在说："糟糕！这可怎么办呀？怎么办呀？"

他们又追了七八百米，终于追上了那两头鹿。母鹿耗尽了体力，已经倒在雪地上，那头大雄鹿看到猎人渐渐地靠近，不停地摇着头上的角，一副不知所措的样子，最后觉得实在没有办法了，才无可奈何地匆匆逃走了。

当杨走近时，母鹿竭尽全力想挣扎着站起来，对生命的不舍和对猎人的恐惧让它做着最后的抵抗，却怎么也动弹不了。达夫拔出了身上的小刀。这时候，杨才明白为什么大伙儿身上都带着小刀。可怜的母鹿抬起了那双明亮的眼睛，哀怨地看着达夫，眼睛里噙满了晶莹的泪水，但它连呻吟声都没有发出一声。看到这个情形，杨不忍心再看下去了，连忙转过身去，用手蒙住了脸。但达夫对这个场面已经习以为常了，他面无表情地拿着刀子走向母鹿。这时候，杨觉得一阵天旋地转，心里一阵翻滚，直到达夫喊他，他才从迷糊中清醒过来，慢慢地转过身去。可是一切都已经结束了，沙丘雄鹿的妻子已经静静地躺在雪地上了。

两人离开的时候，周围一片沉寂，看不到其他动物的影子。远处的丘陵上，一头大雄鹿焦急地徘徊着，不停地向这边张望……

过了一个小时，他们拖着雪橇再度回到杀死母鹿的地方，想把母鹿运回去，却发现母鹿的周围有大的、新的鹿脚印。这时，远处一道黑影越过覆盖着白雪的丘陵，消失在黑暗中……

那天晚上，杨失眠了，他凝视着帐篷外熊熊燃烧的篝火，心情十分沉重。他的心里展开了一场人性与兽性的激烈交战。

"啊！这是令人愉悦的打猎吗？花费了好几个星期的心血，冒着严寒，克服了各种艰难，历经了无数次的失败，得到的成功竟是这种令人恶心的事。美丽而又高贵的鹿，在饱尝了这个世界无穷的磨难后，变成了一块悲惨的肉块。这可不是我想要的结果啊。"

5. 孤独的追击

第二天清晨，杨前一天晚上的郁闷情绪已经被冲淡了。

猎人们踏上了回家的路。不到一个小时，杨在心里开始盘算，想要找个理由留在此地。不久，他又发现了沙丘雄鹿的新脚印，杨的心又被点燃了。

"我现在还不想回去，就好像有什么东西要挽留我，让我不要回去。我一定要和沙丘雄鹿再见一次面。"

其他的猎人因为忍受不了这样低的气温，决定回去了。杨从雪橇上取下小锅子、毛皮和少量的食物，向大家告别，然后独自一人继续追踪雪地上的新脚印。

"再见，再见，祝各位平安回家！"

杨目送着渐行渐远的雪橇队伍，一股从未有过的孤独寂寞感涌上心头。以前，即使独自一人在山野中捕猎待上好几个月，他也没有觉得寂寞，可是现在不同了，他独自面对着无边无际的雪地，一种无法形容的孤独充满了他的内心。

这种感觉就像幽灵一样，徘徊在他的脑海里，难以驱逐。以前他常常独自品味世界的乐趣，但现在那些乐趣都到哪里去了呢？杨想大声呼喊，召回远去的同伴，但是强烈的自尊心又让他开不了口，他只能默默地忍受着孤独。

雪橇队伍消失在雪地里，再也看不到了，现在，即使后悔也已经来不及了。不一会儿，寂寞的感觉好像自动消失了一般，他的心又一次被雪地上鹿的脚印锁住了，不自觉地又踏上了"征途"。他慢慢地进入了角色，变成了一只紧追猎物的凶猛野兽，刚才那股浓厚的伤感情绪顿时化为乌有。

天色已晚，但杨仍沿着脚印穷追不舍。脚印在几个地方显得很杂乱，断断续续地进入了繁茂的白杨树林。经过一天一夜的逃命，再加上失去了亲爱的妻子，雄鹿已经疲惫不堪，它需要休息。当然，为了安全，它迎风而卧，眼睛、耳朵时刻注意着杨接近的方向，鼻子还不时地嗅着，想从风中的气味来判断危险是否到来。

　　杨看出了雄鹿的心思，想从旁边绕过去，他心想："这次我一定能够一枪打中它。"杨跟着脚印小心翼翼地一步一步往前走。他十分紧张，在雪地上匍匐前进了很长一段距离。忽然，他听见身后有小树枝折断的声音，他回过头察看了许久才发现：那是雄鹿发出的声响。

　　原来，聪明的雄鹿在躺下休息前，依着自己原先的脚印，倒退回去，让追赶它的人认为自己仍在前进。杨果然上当了，还以为它在前面，仍往前继续追赶，可是雄鹿早已躺在杨的身后了。它闻到人的气味，马上变得异常警惕，拔腿就跑，等杨发现自己上当时，雄鹿已经跑出了好几千米远。

　　追踪着雪地上的印痕，杨来到了北方的一个陌生地带。这时，又黑又冷的夜晚降临了，杨在一棵大树下找到一处可以稍微躲避风寒的地方，模仿印第安人的办法，燃起了一小堆篝火。

　　他记得，以前加斯卡说过："在森林里，燃起大的篝火是愚蠢而且危险的行为。"

　　杨在篝火旁，想缩身而睡，但是寒冷的夜，刺骨的寒风，让他像狗一样地翻了几次身。这时，他想如果人的脸能像动物那样长出毛该有多好；又想，如果有大而多毛的尾巴来温暖冻僵的手脚，也

是很不错的。

天上的星星格外亮，衬托得森林更加阴冷，广袤的大地被笼罩在严寒里，那又厚又重的地面仿佛被冻得裂开了。附近湖上的浮冰不停地崩裂，声音响彻了湖边的原野。一股刺骨的冷气流在山丘之间的低洼地带兜着圈子。

半夜里，跑来了一只灰狼。那只狼可能没有把杨当作危险的人类看待，只是"呜呼、呜呼"地像狗一样哼着走过来，好像在对杨说："喂，你终于又回到野生动物的世界里来了。"

天快亮的时候，稍微暖和了一点，但又刮起了风雪。这时，雄鹿的脚印已经完全消失了，杨一味地低头跟着雄鹿的脚印，已经不知道自己走了多少路，身处何方了。

他在风雪中，摸索着前行了两三千米，但还是没有找到目标，于是他决定到伯国河去。伯国河应该在东南方向，但哪边是东南方向呢？细碎的雪越下越大，打得他的眼睛都快睁不开了，裸露在外面的皮肤已经皴裂，让他感到刺骨般的疼痛。这雪下得真够大的，近看，是烟一般的雪；远眺，是雾一般的雪。杨走进白杨树林，开始挖雪。终于，他挖到了麒麟草。这种草都是向北生长的，虽然已经枯萎，却仍然善解人意，亲切地告诉他哪边是北方。找到了方向后，杨便上路了。一旦觉得方向可能有问题，他就会马上挖掘可代替指南针的像磁石般的麒麟草，来辨别方向。

杨终于走到下坡路了，伯国河应该就在眼前。雪已经停了，杨又用了一整天来继续找寻鹿的脚印，却一无所获。那天晚上跟前一天的夜一样寒冷，夜里杨又忍不住想："如果自己的身上能长出更多的毛来抵御难耐的严寒，该有多好！"

杨在单独过夜的第一个晚上，脸和脚趾都被冻伤了，伤口像被火灼烧一般疼痛难忍，可是为了能捉到雄鹿，杨依然咬紧牙根，继续前进。他的心底仿佛有一个声音在鼓励他：

"前进吧！胜利就在眼前了。"

第二天，好像有一般神秘的力量在召唤他，他向东渡过伯国河，来到一片没有树林的地方。走了不到一千米，他便看到了被风雪覆盖的已经模糊了的雄鹿的脚印，于是继续跟着脚印跟踪了下去。不久，杨找到了一个曾有六头鹿休息过的地方。那地方有许多脚印和一个特别大的鹿睡过觉的痕迹。

杨心里想："能留下这个印痕的只有那头雄鹿。"

印痕很新，而且印痕还没有结冰，杨兴奋得心脏怦怦直跳："鹿离这里一定不到两千米。"

走了不到一百米，他在薄雾笼罩着的丘陵地带，模模糊糊地看到五头鹿正竖起敏锐的耳朵倾听着什么。同时，积雪覆盖的丘陵上正站着一头躯体巨大、犄角如树枝般的雄鹿。

鹿群很快发现了他，在他还没来得及开枪前，就像一阵风一样，全都逃走了。那座丘陵似乎特别爱护鹿群，又把它们从枪的威胁下隐藏了起来。它们知道敌人还在后面紧追不舍，于是沙丘雄鹿再次集合了鹿群，和上次一样，兵分两路，向前逃命。

杨仍旧追赶那只沙丘雄鹿。他一直追赶它到伯国河的洼地，这段路程约两千米，最后到达了一处茂密的白杨树林。冥冥中，好像有什么在对杨说："雄鹿正隐藏在这里窥伺动静，但它绝不会在这里休息的。"

杨也躲了起来，和雄鹿玩起了躲猫猫，细心地观察着周围的情况。过了三十分钟，一个黑点终于走出了白杨树林，登上了对面的山峰。等到它越过山顶不见了踪影的时候，杨就横过山谷，蹑手蹑脚地迂回攀爬过了山峰，来到背风的山坡，寻找雄鹿的脚印。但雄鹿不是傻瓜，它登上高峰，回头一望，正好发现杨正横过山谷追过来，于是它又飞似的跑掉了。

雄鹿有着敏锐的嗅觉和与人类斗争的经验，很快明白了自己的处境，在这决定胜负的关键时刻，绝对不能轻举妄动，因此它又迅速地往新的地带逃去。

现在，杨终于明白以前常听到的老猎人讲述的狩猎秘诀：不论猎物跑得有多快，只要猎人具有超人的耐力，一定会获得最后的胜利。现在，杨仍然精力旺盛，而大雄鹿每次跳跃的距离却变短了，这表明雄鹿已经开始疲惫了，如果能乘势追击，必定有所收获。

雄鹿的奔跑路线弯弯曲曲，它时常会登上高高的山丘，在银色世界里，登高望远，观察敌人的踪迹。杨在紧追不舍的同时，一直在疑惑："这头雄鹿在找什么呢？又在害怕什么呢？为什么我追着追着，总是发现脚印突然中断了呢？"他完全不明白雄鹿的目的是什么。

每当脚印中断，杨必须绕回到原来的路上，花上很长时间，才能重新找到雄鹿的新脚印，然后再继续追赶。可是此时的脚印却表明，已经疲惫的雄鹿的跳跃幅度竟又由短变长了。

夜，慢慢笼罩了大地。杨不得不停下来，但仍然猜不透这其中的缘故，他停下来扎营，度过了又一个十分寒冷的夜晚。

第二天清晨，天将亮时，他终于揭开了谜底。在白天的光线下，杨发现他追踪的是雄鹿之前留的脚印。他费了很长时间思考问题的真相，终于想清楚了，已经疲惫的雄鹿是循着自己的旧脚印，往回奔跑了一段距离，然后跳到旁边去，隐藏起来，让毫不知情的杨，沿着旧脚印继续向前追。

这个办法雄鹿一共使用了三次。

它沿着脚印回到白杨树林之后，就躲在森林里伏卧着，一边休息，一边补充体力。因为追踪脚印的杨，一定要从树林的边缘经过，这样一来，雄鹿就可以在杨尚未靠近它之前，闻出杨的气味，听出他的脚步声，并且提前逃走。可是杨从雄鹿的旧脚印中，仍然隐约看得出新的脚印：那个脚印显示出沙丘雄鹿已经疲惫到了极点。它在猎人毫不放松的追赶下，累得不想进食，整日心惊肉跳，难以入睡，体力马上就要耗尽了。

6. 大结局

人和鹿的最后一场较量开始了。

杨和被追逐的沙丘雄鹿，又回到了熟悉的地方，那个四周都是沼泽的森林。雄鹿从三个入口的其中一个进入森林。杨知道雄鹿一旦走进森林，再也不会轻易地走出去，于是就蹑手蹑脚地迅速地朝背风的第二个入口走了过去。

他找到一个隐蔽的位置后，把自己的上衣和肩带挂在树枝上伪装成自己的样子，又很快地跑到第三个入口守着。

他耐心地等了很长一段时间，但是一点动静也没有。

于是，杨开始学松鸦低声地叫。这是森林里发生危险时的警告声，鹿听到了，都会提高警觉。果然，不一会儿，杨便看到在茂密森林的另一边，雄鹿出现了，它摇着耳朵，想要爬上一个高坡远眺，寻找敌人的踪迹。

　　杨又低声吹了一下口哨，雄鹿警觉地立在那里。杨和雄鹿之间的距离太远，中间又有很多树枝挡着，枪不容易瞄准，很难打到雄鹿，杨暂时不好下手。雄鹿背着杨，停下了脚步，努力地嗅着空气的味道，大约过了几秒钟，它直直地望着刚进来的路，在这条路上，敌人曾无数次追逐过它。然而，它做梦也没有想到，敌人正在前方的路上守着呢！一阵微风吹来，刮得杨吊在树枝上的上衣噗噗作响。雄鹿走下小山，穿过茂密的森林，它既不跑，也没有发出任何声响，在茂密的森林中像鼬鼠一样地行走着。

　　杨耐心地在茂密的白杨树林里蹲着，绷紧了全身的神经，侧耳仔细辨认着周边的声音。突然，密林里传出小树枝折断的声音。

　　杨紧张到了极点，他端着枪，慢慢地站起身来。只见五米外，也有什么东西站起来了，先看到如青铜一般的一对角，接着是硕大的鹿头，随后是矫健美丽的身躯。

　　杨和沙丘雄鹿就这样面对面地站着，空气仿佛凝固了一般。

　　杨终于把沙丘雄鹿的生命掌握在手中了。然而，让杨吃惊的是雄鹿没有一丝一毫的畏怯。它稳稳地站在那里，一动不动。它两眼喷出了火，目不转睛地望着杨。杨把瞄准的枪放了下来，雄鹿一直没有动，只是静静地看着他。杨紧张得竖立起来的头发又恢复了原状，他咬紧的牙关松了下来，原先弯下去准备随时追扑过去的身子，也慢慢地挺起来。

"开枪啊，开枪啊，你这傻瓜！机不可失啊，你的一切辛劳马上就要获得回报了！"

杨的内心不停地发出这种怂恿的细语，但是，不久这些声音就消失了。

他想起了那天晚上在荒郊野地被狼群包围时的恐惧心情，又回忆起另一个夜晚那块被母鹿的血染红了的雪地。现在，他沉浸在回忆中，像做梦一样，那头母鹿临死前痛苦的神情浮现在他的眼前。它那满含悲愤的眼神，似乎在不断地追问着："我到底做错了什么？人类为什么不能放过我？"

杨一下子改变了主意。在和雄鹿的目光相遇的刹那间，他想杀死雄鹿的念头突然消失得无影无踪。他无法在雄鹿的注视下夺去它的生命，那双眼睛在提示他，这是一个生命，而且是一个高贵的生命，他过去对雄鹿的非分之想，顷刻间化为乌有。而以前就已经在心里萌芽，并一点一滴逐渐累积起来的善念已经完全占据了他的内心。

就这样，杨一下子改变了主意。

杨在心里开始赞美起这头雄鹿："啊！多么漂亮的动物呀！多么强健的身躯！聪明人曾说'身是心的外表'，那么你的心一定像你表现在外的身躯一般，如此美丽，如此善良。虽然我们是一对冤家，但这已成为过去。现在，我们相对而立，站在这宽广宁静的大地上，我们彼此以生命相对。虽然我们无法理解彼此的语言，然而，我们所想到的，所感受到的，应该都是一样的。我从未像现在这么了解你，难道你也一样地了解我吗？否则，为什么当你知道自己的生命掌握在我的手中时，却没有丝毫的畏惧呢？

"我曾经听过一个关于鹿的神奇的故事：一头被猎狗追逐的鹿，竟然向猎人求救。猎人果真救了这头鹿。现在，你被我追到了，也

是在向我求救吗？

"一定是的，你美丽又聪明，竟然知道我的心思，知道我的良心未泯，知道我不会动你一根毫毛。是的，我们是兄弟，我们都是上帝创造的，你是有着美丽鹿角的弟弟，而我只是比你年长、比你强健的人类罢了。假如我能守护着你，你就不会受到伤害了吧？

"你走吧！只管放心地越过松林那边的山丘吧！过去我像野狼一样对你紧追不舍，以后，我再不会干这样的傻事了。过去你是我的猎物，是没有意识的动物，现在我知道了，你和我们人类一样都是有着灵魂的生命，我以后再也不会把你和你的伙伴作为可以任意宰割的猎物了。

"因为我是人类，我知道更多的生存技巧，知道更多的狩猎技能，然而你却同样拥有大自然赋予你的不可思议的力量，这是生命的力量，你能体会出人所不了解的事情。走吧！你再也不必怕我了。

"从此一别，也许今生我再也见不到你了。即使我们再次相遇，在你那凝望的眼神中，在你那高贵的神态下，我那残忍好杀的本性，也会像今天一样消失得无影无踪。但我知道，我们已经无法再相见了。可爱的动物，高贵的生命，你走吧！愿你在你的世界里，在广阔的自然里，永远过着逍遥快乐的生活！"

春田狐

1. 偷鸡贼

一个月以来，村庄里的母鸡接二连三地神秘失踪。恰好，我回到春田老家过暑假，就义不容辞地当起了侦探员，我下决心一定要找到偷鸡贼，揭开这个谜团。

这些母鸡不是一起消失的，而是一只接着一只消失的，而且失踪的时间，要么是在飞到树上之前，要么是在从树上飞下来之后。显而易见，这个时间段大多是白天，而路人或邻居是不可能在光天化日之下来偷鸡的。这些鸡不是在高高的树枝上被偷走的，那么猫头鹰和树狸就不可能是凶手。我仔细勘察了鸡栖息的周边环境，也没有发现鸡骨头，所以这也不像是鼬鼠和水貂干的。那么，这样推理的结论只有一个：只能是狐狸干的。为了探明真相，我决定去河对面茂密的艾伦达尔大森林里一探究竟。

果不其然，我在河的下游发现了一片狐狸的脚印，还找到了一根极像鸡毛的羽毛。顺着这个线索，我爬上了前面的堤岸，就在这时，忽然传来一阵乌鸦焦躁的"呱呱"的叫声。

我迅速转过身，看到一只狐狸的嘴里正叼着一只鸡走在河边的浅滩上。乌鸦看见狐狸叼着鸡，就叫嚷起来，想从狐狸那里分一杯羹。

我慢慢地一点点向这只狐狸靠近。可还是被这只机警的狐狸发现了，它发现我之后就果断地扔下鸡，迅速跑进了茂密的大森林里。这只鸡真是幸运，它还没有死，正在大口大口地喘着气。这只

狐狸没有马上饱餐一顿，而是费劲地把鸡叼回去，肯定是去喂养小狐狸的。哈哈，这就对了，我正好可以用这些小狐狸来诱捕这个偷鸡贼。

当天晚上，我带着捕猎的伙伴——猎狗兰格，又来到了茂密的艾伦达尔森林，去寻找这个老狐狸的巢穴。

　　我们一进入森林，就听到溪谷边传来了狐狸的叫声。聪明伶俐的兰格朝着狐狸叫声的方向，一个纵身就蹿了出去，消失在茂密的森林中。

　　一个小时后，兰格"两手空空"地跑了回来，它趴在我的脚前，"呼哧呼哧"地喘着粗气。此时正值八月，是最炎热的时候，我用脚碰了碰兰格，它的身体像火一样烫。它趴在地上吐着舌头。这时，狐狸的叫声又在不远处响起。兰格听到后，不顾炎热，又一次奋力地扑了出去。兰格显然是被这只狐狸惹生气了，它是咆哮着冲出去的。兰格的声音越来越远，最后完全消失在森林里。过了好大一会儿，兰格才慢腾腾地走了回来，它累坏了。就在这时，狐狸的叫声又在不远处响起。我突然明白了，这只狡猾的狐狸为什么总是在不远处不停地叫。这附近肯定有一窝小狐狸。狡猾的老狐狸为了保护小狐狸，不断地引诱我们离开这里，这分明是调虎离山计，真是太狡猾了。

　　天越来越晚了，我们只好回去。有了今天晚上的经验，我敢打包票，这个偷鸡贼很快就会被我抓住的。

2. 狐狸一家

村里的人早就知道在村子附近住着一只狡猾的老狐狸，他们还给它起了一个名字叫斯卡费斯，意思就是"刀疤脸"。这是因为它的脸上有一条很长的大疤痕，这条疤痕从眼角处一直延伸到耳根。据说这个疤痕来自它的一次失误。有一次，它追一只兔子，不小心撞到了铁丝网上，脸被铁丝划出了一道很长的口子。后来，它的伤口渐渐愈合了，脸上就留下了这道疤痕，在伤口处还长出了一小撮白毛，于是这伤疤就更加明显了。

刀疤脸是大家公认的一只老奸巨猾的狐狸，我充分领教过它的聪明和狡猾。

第一次是在一片茂密的草丛里。为了不打草惊蛇，我故意装作没看见它，等它钻进草丛后，我便偷偷地绕到草丛对面，准备来个守株待兔。可是，我在草丛的那一头等了很久，都没有看到它从草丛里出来。最后，我实在等得不耐烦了，走上前去一瞧，才发现草丛里的脚印在半道突然转向了。原来，它在跑到中途的时候看到了

我，然后就突然停了下来，直接跳出了草丛。我顺着脚印望去，只见刀疤脸正在远处坐着，还摆出一副十分得意的样子，仿佛是在嘲笑我：

"嘿，笨蛋，我就在这儿呢，有本事来抓我呀！"

第二次遇到刀疤脸，是和一个朋友散步的时候。小路上有许多大石头，走着走着，我的朋友突然指着前面的一块石头说："你瞧瞧那块石头，看上去是不是很像一只蜷缩着的狐狸。"我顺着朋友指的方向看，那里只有一堆石头，哪有什么狐狸啊。我们继续往前走，正要经过那里的时候，忽然起风了，风吹在那块"石头"上，石头上竟然卷起了一些毛。"我敢肯定，那就是一只狐狸！"我的朋友肯定地说。"快，我们现在就去看看到底是什么。"我一边回答，一边朝着那块石头大步跨去。就在这个时候，那块"石头"突然蹦了起来，一阵风似的跑掉了。

原来那正是刀疤脸。我非常诧异，它居然这么自信地认为把自己伪装成一块石头，别人就发现不了。真是一只狡猾的狐狸！

刀疤脸和它美丽的妻子维克森把家安顿在茂密的艾伦达尔森林里。在林子里，有一个很大的土包。这肯定是刀疤脸和维克森的杰作。我沿着土包到处寻找，却没有发现它们的巢穴的入口，真是遇到怪事了。转念一想，刀疤脸不走寻常路，这一定是刀疤脸为了掩人耳目，才掘出的新土包。一般的狐狸，在安置新家的时候，都会先掘出一个洞，掏出一堆新土，然后另外挖出一条通道，而这条通道一直延伸到远处茂密的灌木丛里。挖好后，它们就会把先前挖的洞口完全封死，只留下隐藏在灌木丛中的那个入口。这样一来，就很难从小山似的土包上找到它们的洞穴。

我对刀疤脸它们的这些伎俩了如指掌。于是，我以土包为中心，扩大了搜索范围。很快，我就在离土包有一段距离的地方，发现了洞穴入口。真是大有所获，洞穴里好像还藏着几只小狐狸崽呢！

在洞口的旁边，生长着一些大树。这些大树已经有年头了，树干早就空了。我小的时候，经常和小伙伴们在空空的树干里做游戏。我们在树干里刻出一个个小台阶，然后顺着台阶爬上爬下。现在，这些空心树可帮上大忙了。

于是，我钻进了空心树，站在小台阶上，屏住呼吸，从树洞口往外看。过了一小会儿，四只小狐狸就从洞穴口爬了出来，它们全身毛茸茸的，像四个用绒布做成的玩偶，真是可爱极了。它们在洞里待得太久了，都想出来撒撒欢。

刚玩了一会儿，灌木丛里传来了一丝轻微的响动，小狐狸们便迅速地跑回洞穴里。它们非常警觉，一有风吹草动，便要躲藏起来。真是虚惊一场，原来是狐狸妈妈回来了。

维克森叼着一只鸡，走到洞口后轻轻地叫了一声。洞内的小狐狸们听到是妈妈的声音，马上跑了出来，并朝着妈妈嘴里的美味迅速冲了过去。这群小家伙真是饿坏了，一个小家伙刚要朝着鸡狠狠咬下一口，另一个就立马蹿了过来，抢走了鸡。四个小家伙互不相让地争抢起来。这样的场景，真是有趣极了。妈妈维克森站在一旁，一边为孩子们站岗放哨，一边安详地看着它们分享食物。

3. 捕猎课

在高冈的半山坡上，住着另一个可爱的小家伙—— 一只小山鼠。刀疤脸和维克森决定给孩子们上一次捕猎课。

看到狐狸不怀好意地走来，警觉的小山鼠立即钻进很深的地洞里。这个地洞在一个树桩下，小山鼠一躲进去，狐狸就束手无策了。可是，这一点儿也难不倒聪明的刀疤脸和维克森，它们很快就想出了一个引鼠出洞的办法：维克森先偷偷地靠近树桩，在树桩的阴影里埋伏起来；然后，刀疤脸故意发出"咚咚"的脚步声，大摇大摆地向远处走去。

地面上很快就安静了下来。躲在洞里的小山鼠竖起了耳朵,紧张地听着外面的声响。小山鼠听到狐狸远去的脚步声,有点迫不及待了,想马上知道地面上的情况,于是,它就从地洞口一点一点地露出小脑袋来察看一下。它看到刀疤脸真的走远了!"现在安全啦!"小山鼠有点得意忘形,就大摇大摆地从地洞中走了出来。小山鼠刚一走出洞口,维克森就以迅雷不及掩耳之势从树桩下蹿了出来,一下子就把小山鼠抓住了。紧接着,可怜的小山鼠被带到了狐狸的洞穴边。

维克森没有杀死小山鼠,它还有用处呢。小山鼠眼中闪烁着求生的光芒。这时,小狐狸崽们立即扑向小山鼠。在这生死之际,小山鼠拼命抵抗。在混战中,小山鼠咬伤了其中的一只小狐狸,尖利的牙齿在小狐狸崽身上留下了一道很深的伤口。小狐狸崽痛得"哇哇"直叫。本来想让小狐狸学习捕猎的,不想却让一只小狐狸受伤了。站在一旁的维克森看不下去了,立即蹿了过来,一口咬死了小山鼠。小山鼠很快就成了四只小狐狸的美餐。

刀疤脸和维克森总是找机会给小狐狸们上捕猎课。有一天,刀疤脸和维克森带着小狐狸们来到了离家不远的一处草丛里。"蹲着,一动也别动,集中注意力!妈妈先来示范,然后你们照着我的样子做。"维克森开始给小狐狸们上课了。小狐狸们言听计从,一个个睁大圆溜溜的眼睛，认真看着。

只见维克森尽自己最大的努力，高高地踮起身子，双眼直盯着前面的草丛。突然，维克森飞似的跳了起来，前脚飞快地按住了前面的一丛草窠。

这时草窠里传来一阵叫声："吱吱吱……"

声音是从维克森的前脚下发出来的。原来，维克森刚刚捉住了一只小田鼠。维克森用力拽了一下小田鼠，小田鼠就一命呜呼了。接着，维克森就把小田鼠吃进了肚子里。

"看清楚了吗？现在轮到你们了。"于是，四只小狐狸开始按照妈妈刚才的方法，在草丛里捕捉起田鼠来。

很快，一只伶俐的小狐狸捉到了一只田鼠，它高兴极了，激动得手舞足蹈起来。

小狐狸们学会了捕捉田鼠后，维克森就要教它们捉松鼠了，但松鼠可不是那么好捉的。因为松鼠不仅动作敏捷，还会爬树。但狐狸很有办法，力斗不行，就来智取。维克森找了一块空地，然后在空地中央平平地躺了下来。这时，树上的松鼠看到地上躺着一只狐狸，就大声骂了起来："真是个坏蛋！大坏蛋！"

可是，任凭松鼠在树上怎么叫骂，维克森就像没听见似的，像死了一样躺在那里纹丝不动。树上的松鼠很好奇，停止了叫骂，心想："这只狐狸是不是已经死了？"

于是，松鼠放松了警惕，慢慢地从树上爬了下来，一步一步靠近维克森。突然，维克森一跃而起，一下子就把松鼠抓住了。

小狐狸们为了能够独立生活，从爸爸妈妈那里学到了很多生存的本领。大致归纳起来有以下几点：

　　自己走过的地方绝对不能睡觉。

　　首先要使用嗅觉，因为鼻子在眼睛前面。

　　一定要逆风逃跑，不能顺着风向逃跑，因为如果这时天敌就在下风口，我们顺风跑就闻不到它们的气味了，这样，我们的处境就

会很危险。

　　流动的河水是一位好医生，能治愈很多种疾病。

　　时时隐藏自己是第一位的法则，不到迫不得已，不要轻易暴露自己。

　　逃跑时尽量走弯路，因为走直线会非常容易被敌人追上。

　　如果你发现了异常现象，一定要远离，因为越异常的东西往往

越危险。

尘土和水，可以消除身上的气味。

不要在养鸡场里追兔子，不要在有兔子的树林里捕捉老鼠。

尽量不要走在草地上。

除了上面这些，还有最后一项生存本领，也是最重要的一项本领，就是要能闻出人类的气味，因为人类对狐狸而言是最危险的存在。为了让孩子们牢记这项本领，在一个安静的深夜里，维克森把小狐狸们带到了一块野地上。在这块地上，平摊着一堆东西，奇形怪状的，黑乎乎的。可是，当小狐狸们闻到这种气味后，顿时惊恐万状，毛骨悚然，浑身直打哆嗦。虽然这是它们第一次闻到这种气味，可是对这种气味与生俱来的恐惧，来自于它们的祖先一代代的遗传。

"这是人类的气味！！"维克森一本正经地告诫孩子们。

4. 灾难来临

　　我没有提起过发现狐狸巢穴的事情。一旦我说了出去，那些小狐狸可就必死无疑了。

　　叔叔家的鸡仍然一天天地神秘失踪。叔叔开始怀疑我自诩的侦探身份和动物知识，说了不少风凉话。为了表现我的能力，有一天，我和兰格一起到艾伦达尔森林里闲逛。

我在一个视野开阔的山冈上坐了下来，周围的景色尽收眼底。兰格也没闲着，它尽心尽职地去追狐狸了。坐在山冈上，我清楚地看到了正在逃跑的狐狸，还有穷追不舍的兰格。这是只狡猾的狐狸，跳进了溪水里，然后又爬了上来，并朝着我坐的山冈跑了过来。而兰格却在小溪边徘徊不前，因为刚才狐狸用溪水洗掉了气味，兰格失去了追踪线索。

这只狐狸在仓促间没有看到山冈上的我，竟然径直朝我这边跑来。它在离我三米远的地方停了下来，并悄悄地坐了下来。我默默地坐在逆风的方向，它竟然还没有发现我。

原来这只狐狸，正是大名鼎鼎的刀疤脸。

它得意地看着远处的兰格瞎转悠。它张开了嘴巴，发出欢快的声音，好像是在嘲笑：

"哈哈哈，真是条笨狗，这么容易就被我甩了！"

刀疤脸在那里足足待了二十多分钟，可是它一直都没有发现我，之后便跑回大森林里去了。真是奇怪，它对身后隐藏着的一个最危险的敌人——一个可怕的人类，为什么一点都没有察觉到呢？

不一会儿，兰格也回来了，它来到了山冈上。显然它也跟狐狸一样，并没有发现我，正要从我的身边走过去呢。

"嗨！兰格！"

我急忙喊了一声。兰格突然听到我的声音，吃了一惊，然后朝我走来，它一副沮丧的样子，一声不吭地在我的脚边躺了下来。

这种小小的闹剧后来又上演了几遍。不幸的是，从叔叔的屋子朝这边望，这里的一切都可以看得清清楚楚。叔叔家的鸡仍在一天天地减少。终于，叔叔再也忍不住了，真的生气了："我要亲手宰了这个偷鸡贼。"于是，叔叔带着猎枪来到了山冈上。

但是，刀疤脸一点都没有预感到危险。它和往常一样，坐在它的"瞭望台"上，嘴角咧开，嘲笑着猎狗。叔叔发现了它，便举枪瞄准，突然，"叭"的一声，枪响了，正中刀疤脸的后背。就这样，刀疤脸一命呜呼了。

刀疤脸死了，丢下维克森和一群小狐狸。维克森更加忙碌了。刀疤脸活着的时候，每当有危险，都是它来诱骗敌人。可是现在呢，维克森不得不挑起诱骗敌人和抚养孩子的双重重担。

叔叔打死了刀疤脸，但是他家的状况仍旧没有改变，鸡仍旧一天天地失踪。

"除了刀疤脸，肯定还有别的狐狸！我已经忍无可忍了！这一次，我一定要把所有的狐狸都干掉！"叔叔真是气愤到了极点。他在森林中撒下了许多有毒的诱饵。

然而，这一招并没有效果。维克森对于下毒这种雕虫小技，早就了如指掌。它对于森林里那些毒诱饵瞧都不瞧一眼。

不过这些毒诱饵也有用处。有一次，维克森叼走了毒诱饵，把它放在一只臭鼬鼠的洞口旁边。这只臭鼬鼠可就倒霉了，吃了狐狸送的诱饵，很快就一命呜呼了。臭鼬鼠和狐狸一家一直是一对老冤家。维克森现在终于借助毒诱饵解决了老冤家。

为了消除自身的气味，防止敌人追踪，维克森每次回家都绕道行走或者渡过河流。但最近维克森实在太忙了，有时就顾不上这些了，就是这样的大意招来了杀身之祸。

有一天，大森林里突然来了很多猎狗。这些猎狗是顺着维克森的脚印追踪过来的，最后它们发现了狐狸的巢穴。维克森听到猎狗的叫声，马上知道要坏事了，于是立即往远处跑去。猎狗们看见维克森，则迅速地围了上来。

维克森使出全身的力气，跑呀跑，一直跑到把猎狗引到很远的地方，直到它觉得安全了。为了摆脱猎狗追踪，它跳到了一只山羊的背上。这只山羊可吓坏了，拔腿就跑。跑了很长的一段路后，维克森才从山羊背上跳了下来。聪明的维克森没有留下脚印，猎狗追到半路就失去了线索。

维克森心里挂念着小狐狸，赶紧回到家里，可是一切都来不及了。就在刚才猎狗追赶它的时候，猎人们也赶到了，他们发现了维克森的家。这时，刚才追赶维克森的猎狗也一只只地都跑了回来。看到眼前的场景，维克森的心都碎了。它彻底绝望了，猎人们正在用铁锹挖它的巢穴。

5. 小狐狸们

"快来看，狐狸躲在这儿呢！"一个挖洞的猎人大声喊道。在洞穴的尽头，躲着四只毛茸茸的小狐狸。它们吓坏了，拼命地向后退着，挤成了一团。

坏了，这群小狐狸要遭难了！这时，一个挖洞的猎人高高地举起铁锹，一下子就拍死了两只小狐狸。紧接着，一只猎狗也蹿了进来，奋力地往前一扑，使劲一咬，瞬间，第三只小狐狸也死了。我赶紧冲了过去，迅速揪住了第四只小狐狸的尾巴，并把它高高地拎了起来，这才没有让这群野蛮凶狠的猎狗得手。这只最小的狐狸幸免于难。

小狐狸被拎在空中，发出了短促而凄惨的"咔"的一声。这是小狐狸求救的声音，维克森听到后，急忙跑到近处。但是由于猎狗的追赶，它只能在附近一带东躲西藏，逃来逃去。猎人们向狐狸开枪了，幸好有猎狗们窜来窜去，给了它很好的掩护，这才没有被这些可恶的猎人打中。

我把这只小狐狸装进了一个小口袋里。它很安稳地躺在那里，估计是被吓坏了。猎人们把三只死去的小狐狸扔回了挖开的洞穴里，然后在它们的身上盖上几锹土，算是把它们埋葬了。

　　一回到家，我就找来一条铁链子，把小狐狸拴在院子里的树上。也许是因为刚才杀了一窝小生命，大家心中都产生了怜悯之情，不忍心再下手弄死眼前这个可怜的小家伙。

　　这只小狐狸个子很小，毛茸茸的，胖墩墩的，真是可爱极了，简直就像是狐狸和绵羊生出来的混血儿。

　　我把它放在一个精致的木头箱子里，当有人向它靠近时，它就会本能地蜷缩在自己的新家里。

　　于是，我决定回到自己的屋子里，打开窗户，来观察这个可爱

的小家伙。

院子里养了很多鸡。那天，当夜幕降临的时候，我听到外面传来了"哗啦哗啦"的声响，原来是拴小狐狸的铁链发出来的。我从窗户向外望去，只见一只鸡迅速地逃开了，然后看到小狐狸悻悻地、悄悄地跑回了小木箱里。这下我才明白，刚才的铁链声是小狐狸想要抓住那只鸡才发出来的。它猛地扑了过去，结果被铁链拴住了脖子，又被硬生生地拽了回来。

漆黑的夜晚降临了，小狐狸因失去了妈妈和兄弟姐妹，开始变得局促不安起来，似乎感到了害怕。它悄悄地从箱子里爬了出来，可是只要周围有一点动静，警觉的本能就让它立即缩了回去。小狐狸使劲地扯着铁链，并且不时用两只毛茸茸的前脚按住链子，使劲地啃咬，它是多么讨厌这条束缚它的链子呀！它咬着咬着，突然停了下来，然后竖起两只耳朵，好像听见了什么。紧接着，它抬起头，轻轻地叫了一声，叫声颤抖而急促。

很快，在黑乎乎的大森林里，传来了狐狸的叫声。那正是妈妈维克森在回应小狐狸的叫声，好像在说："宝贝，别害怕，妈妈在这儿呢！"

几分钟后，在院子里的一堆木头上出现了一个黑影。小狐狸吓了一跳，立即逃到木箱子里。不过很快，它又走了出来，因为它知道，刚才那个黑影正是她亲爱的妈妈——维克森。小狐狸高兴坏了，飞快地向妈妈跑去。

维克森叼起小狐狸，飞快地向来时的路跑去。然而，一切都是徒劳的。当链子被拉得笔直时，可怜的小狐狸被妈妈的嘴巴狠狠地扯痛了。

就在这时，维克森听到了有人打开窗户的声音，于是，赶紧逃进那堆木头里。

一个小时以后，我偷偷地从窗户往外望去，院子里静悄悄的。在昏暗的月光下面，小狐狸正依偎在妈妈的怀里。同时，那边还隐约传来了"咔嚓、咔嚓"的声音。如果不注意听，还真听不到呢！

"它们在做什么呢？"我趴在窗口琢磨着。

为此，我瞪大了眼睛仔细地瞧，才发现原来是维克森一边给小狐狸喂奶，一边在拼命地啃咬那条铁链子。

于是，我推开门走进院子里。维克森迅速地一跃而起，飞快地跳过木头堆，一头扎进了黑漆漆的大森林里。

我看到在小狐狸的箱子旁边，躺着两只小老鼠，血淋淋的，看来是刚刚被杀死的。原来刚才维克森来看望小宝贝的时候，还给它带来了一顿丰盛的晚餐。

第二天早晨，我再去看小狐狸的时候，发现链条上距离小狐狸脖子半米左右的位置，已经被磨得锃亮锃亮的。不用说，这一定是昨晚维克森用牙咬出来的，看来它是多么想咬断它呀！

我又一次探访了艾伦达尔大森林，来到了昨天被猎人挖开的狐狸洞旁。在那里，我看到三只小狐狸的尸体一字排开躺在那里。我仔细观察了一下，就知道这是维克森把它们掘出来的。

维克森掘出了小狐狸们的尸体，并把它们身上的泥土舔得干干净净。虽然小狐狸们已经死了，可是维克森还当它们活着，还想给它们喂奶呢。因为在新堆好的泥土上，留下了它平躺的痕迹。

另外，在这些小狐狸的旁边，还放着两只刚死不久的鸡，这自然是叔叔家的鸡。看来，可怜的维克森还是像平常一样，把晚上偷来的美味分给孩子们吃。

然而，这一切都毫无意义了。

看到留在小狐狸们旁边的印记后，我完全可以想象当时的维克森是多么伤心啊。

但是，过了这一天后，维克森再也没有回到这里来过，因为它已经知道自己的孩子确实死了。它接受了这个残酷的现实。

6. 维克森的复仇

我们捉到的这只小狐狸，是四只小狐狸中最小的一只。它的哥哥姐姐都遭难死了，这个小家伙便成了维克森唯一的亲人。它独享了妈妈的爱。可是，维克森每次来看望它唯一的孩子，都要冒着生命危险。叔叔为了防止狐狸再次来偷鸡，放出了所有的猎狗，还嘱咐家里的雇工们："只要看见那个偷鸡贼，你们就立即开枪打死它。"

叔叔也同样这样对我说，可是我觉得维克森已经非常悲惨和非常可怜了，我的怜悯之心告诉我，即使看见它，我也只能睁一只眼闭一只眼。

但是，叔叔恨透了这个偷鸡贼，他想方设法地要抓住维克森，以报偷鸡之恨。他用狗不吃但狐狸却很喜欢的鸡头当作毒饵，想以此毒杀维克森。叔叔把下了毒的鸡头散放在各处。但是，维克森对鸡头视而不见。它趁着猎狗不在的时候，继续偷猎母鸡，然后叼给小狐狸吃，或者悄悄地跑到小狐狸跟前，给它喂香甜的奶水。

就在抓住小狐狸的第二天晚上，我又听见链条发出了"咔咔"的声音。我从窗户偷偷地朝外望去，看到维克森正在小狐狸的木箱子旁边使劲掘坑呢！

坑很快就掘好了。维克森把拖在地上的松弛的链子埋进坑里，接着在上面填上土。这样一来，地上的链子就全都不见啦！

"太好了！链子终于消失了！"

维克森的心里也许是这么想的。所以它立即叼起小狐狸，向外跑去。可是，刚走到半途，突然"咔吧"一声——小狐狸被拽了一下，从维克森的嘴里掉了下来。

小狐狸被链子拽得太厉害了，躺在地上"呜呜"地哭了起来，它哭得非常伤心，然后一步步爬回了木箱里。看来这个掩耳盗铃式的办法并不好使。

大约半个小时后，传来了一阵猎狗的叫声，叫声越过了森林，弥散在森林深处，越来越远。看来，那些凶猛的猎狗又去追可怜的维克森了。从猎狗的声音判断，它们是朝北面的铁路那边去了。渐渐地声音越来越远，直到听不到了。

追赶维克森的猎狗正是兰格它们。让人担心的是直到第二天早晨，兰格还没有回来。我有不祥的预感，兰格可能遭遇了不测。我知道，在狐狸的家族里，很早就流传着利用铁路对付猎狗的方法。

一种方法跟渡河一个道理，就是利用铁轨来消除自己留下的气味。狐狸一般会先沿着铁道跑很长的距离，铁道的气味比狐狸的气味更浓，可以冲淡狐狸的气味，再加上火车经常从铁道上呼啸而过，就可以把气味完全消除了。

还有一种更高明的办法：让火车把穷追不舍的猎狗轧死。虽然实施这个办法有一定难度，但是只要运用得当，成功的可能性还是很大的。在火车到来之前，先把猎狗引到铁道上，然后一直引到高高的桥架上，当火车开来的时候，猎狗就没办法躲闪了，只能被后面赶上的火车轧得粉身碎骨。

昨天晚上，聪明的维克森就成功地运用这一手段结束了猎狗兰格的生命。等我到铁路上找到它时，兰格已经被火车碾碎了，尸体躺在那里，血肉模糊。

看来，聪明狡猾的维克森开始报复凶残的猎狗了。

7. 狐狸妈妈

维克森设计杀死了兰格后，又跑回我家里，赶在另一条猎狗斯普特来到之前，捕杀了一只鸡，送给了小狐狸。

维克森累坏了，大口大口地喘着气，它平躺着身子，给小狐狸喂奶。在它的心里，小狐狸肯定又渴又饿，所以它才冒着生命危险，再一次回到小狐狸身边。

如果维克森只是给小狐狸喂奶或者带来几只田鼠，或许可以做到神不知鬼不觉，但是维克森带来的是我叔叔家的鸡，这样就彻底暴露了它每晚来院子里的真相。

"我要赶紧干掉这只讨厌的母狐狸！"叔叔已经十分生气了。

事实上，我打心眼里佩服维克森作为一位母亲的无私与伟大，甚至对这对可怜的母子起了同情之心。虽然叔叔严令要我"杀了这只母狐狸"，可我一点也不想这么做。

我没有杀掉维克森，这让叔叔大为恼火。他斩钉截铁地说道："我不会再指望你了，我要亲手宰了它。"

于是，第二天夜里，叔叔抱着枪，亲自来到院子里等待。一个小时过去了，天气越来越冷，月亮也躲到云层里睡觉了，周围变得更加昏暗。叔叔终于等得不耐烦了，他叫来帕迪：

"喂，帕迪，你来看着吧。"

说完，他自己回屋睡觉去了。

帕迪接受了这项任务，同样，一个小时后，他也等急了，开始焦躁不安起来。

突然，寂静的夜空传来了两声枪响：

"砰！砰！"

帕迪发现了维克森吗？他打中它了吗？

然而，事实上并不是这样，帕迪只是朝着天空放了两声空枪，然后就回来了，因为他实在等烦了。

帕迪离开后，维克森又回来了，它又来到了小狐狸的身边。这已经是第二天早晨的事了，因为维克森又杀死了一只鸡。

"真是好极了！今晚，我一定要杀了它。"

叔叔只说了这么一句很愤怒的话。天黑后，他又出去蹲点了。

天刚黑，我们就听到了一声清脆的枪响。看来，维克森又来给小狐狸送吃的了。可是，这一次，聪明的维克森只是把食物丢在地上，便拔腿跑开了。

过了一段时间，维克森又来了一次。果然，"砰"，枪声又一次响起，但是维克森还是成功地逃脱了。

"这一次，那个该死的家伙肯定吓得不敢再来了！"叔叔有些得意地回到屋里。我们也都认为，维克森两次差点被叔叔干掉，应该不会再来了。

可是，到了第二天早晨，我们出去察看时，发现小狐狸脖子上的那条链子被磨得更亮了。显然，昨晚维克森后来还是来了。维克森为了救出自己的孩子，竟然好几次冒着生命危险，来啃咬这条可恶的链子。

第三天夜里，已经没有人在拴着小狐狸的院子里看守了。大家都认为，维克森已经两次被枪声赶走了，大概不敢再来了。

可是到了第四天晚上，我看到了发生在这只可怜的小狐狸身上的一切。

那天晚上，小狐狸又冷又饿，呼喊起妈妈来，声音颤抖、悲切。维克森还会来吗？我朝维克森经常出没的那堆木头望去。可是，木头堆里非常安静，没有一丁点儿响动。可怜的小狐狸仍然呆呆地看着那堆木头，望眼欲穿的样子，它心里肯定在想：妈妈一定会来的，它不会丢下我的。但我知道，维克森不会再来冒险了，叔叔的猎枪已经让它心惊胆战了。

突然，小狐狸的链子又响起来了，我赶紧朝木堆看了一眼，果然，上面又冒出了一个黑影！

果然是小狐狸的妈妈——维克森。

天啊！母爱真是伟大！为了小狐狸，维克森已经将生死置之度外，再一次冒着生命危险来到了这里。

只见维克森的身影闪动了一下，从木堆上跳下来，跑到了小狐狸的身边。它的嘴里叼了一个小东西，因为天黑，我又离得太远，看不清是什么。接着，"噗"的一声，狐狸妈妈把东西丢在了地上，然后转身就跑了，很快消失在漆黑的夜色中，它头也没有回一下。

小狐狸看到妈妈送来了好吃的，高兴极了。

"吧嗒……吧嗒……"

小狐狸舔着，嚼着，吃得可香啦！

突然，"嘎……"

小狐狸发出了极为痛苦的一声叫喊。

小狐狸痛苦地扭动着身体，铁链子被拽得"哗啦哗啦"直响，不一会儿，小狐狸就倒在了地上，不停地打滚，非常痛苦。接着，

小家伙浑身抽搐，抽动了一会儿，就躺在地上一动不动了。

我大吃一惊，赶紧跑到院子里。一切都已经晚了，这个可怜的小家伙已经没有了呼吸。我赶紧检查了刚才小狐狸吃的东西，这才明白：原来，小狐狸吃了有毒的食物。这到底是怎么回事呢？维克森一直想把小狐狸救出去，它绞尽了脑汁，哪怕是冒着生命危险。可是最后，它终于明白了：

"救出小狐狸是不可能的。"

于是，为了让小狐狸能够获得自由，逃离被人类长期奴役的痛苦，它终于狠下心来，给小狐狸喂了有毒的食物。

小狐狸死后，维克森再也没有光顾过叔叔家的院子。

很快，寒冷的冬天来了。

大地覆盖了一层厚厚的白雪，雪地上面留下了很多动物的足迹。到了冬天下雪的时候，人们就能知道森林和原野上住着哪些动物。

在这个冬天，我又一次去探访了被积雪覆盖的艾伦达尔大森林，想看看维克森是不是还生活在那里。可惜的是，我搜索了森林的各个角落，都没有发现维克森的脚印。

已经没有人知道维克森到底去哪里了。

在艾伦达尔这片大森林里，可怜的维克森失去了自己心爱的丈夫，还失去了四个可爱的孩子。也许维克森怕睹物思情，这些悲痛的记忆迫使维克森离开了伤心地，去了一个"很遥远的地方"吧。

"很遥远的地方"，当然不是其他的森林，而是天国。在自然界里，有很多野生动物，为了逃避自然界带给它们的悲伤，都去了那个"遥远的地方"。最大的可能就是可怜的维克森在毒死了小狐狸之后，不愿意独自活在没有亲人的世界上，同样毒死了自己。

蝙蝠阿特拉法

1. 聪明的蝙蝠妈妈

山谷里的云彩变幻多姿，早、中、晚各有千秋。尤其是傍晚的时候，更是美不胜收：当太阳渐渐西斜，被远处高山上的树木遮住后，柔和的夕阳透过山谷照射到森林里。太阳缓缓落下，强烈的光线完全被遮住，天空中，绚丽的火烧云更加美丽，山林好像披着一层红纱。太阳慢慢地躲到山后面去了，美丽的晚霞褪去了华衣，渐渐变成了灰白色。山谷进入了夜晚。

然而，山谷的夜晚并不安静沉闷。水狸把河边的树弄倒，拦住了河水，形成了像梯田一样的小水洼。这里是动物的乐园，森林里的动物们汇集到这里，嬉戏、玩耍。

溪流的上空也非常热闹，许多像树叶一样的东西在翩翩飞舞。它们当然不是树叶，而是蝙蝠。

这些像精灵一样的蝙蝠，统治了黄昏时的山谷，天空就是它们的舞台。太阳落山以后，这些精灵就会沿着山谷飞来。前来探路

的蝙蝠都是小个子，当夜色更浓的时候，成百上千只大蝙蝠都飞出来，熙熙攘攘的，煞是热闹。这其中有一只最大的蝙蝠悄无声息地飞着。它一身油亮的黑色皮毛中夹杂着些许白色的细毛，其翅膀比普通的蝙蝠宽很多。与那些热闹的小蝙蝠不同，它平静地飞翔着，给人一种高贵不凡的感觉。这只大蝙蝠就像是蝙蝠王国里的国王，直到群臣聚齐的时候才姗姗来迟。

每天夜幕降临时，大大小小的蝙蝠们就会聚在一起，遮天蔽日地出动，它们这样做不是为了玩耍跳舞，而是为了觅食。它们惊险又娴熟地在空中飞翔，追逐它们的美食——蚊蝇之类的昆虫。它们最喜欢的食物是飞蛾。这些蝙蝠根据自己的个头和力道，捕杀大大小小不同的猎物。每一次捕杀，它们都会精准地一口咬住猎物的身体，在飞翔中就把猎物没有肉的脚和翅膀与身体分开，它们只享用有肉的部位。蝙蝠们四处飞舞着，不停地猎杀，在它们的身边不断飞散着飞蛾等昆虫的腿脚与翅膀。

在这千百只蝙蝠当中，有一只蝙蝠看上去很特别。它的胸部好像长了两个肿块儿，其实，那是两只紧紧抓伏在它胸前的蝙蝠宝宝。

雌蝙蝠沿着山谷飞翔，一会儿越过树丛，一会儿升上高空，一会儿又掠过水面。蝙蝠妈妈每天晚上就这样带着自己的孩子觅食。

渐渐地，蝙蝠妈妈就带不动这两个小宝宝了，因为它们长得太大了，蝙蝠妈妈只好把它们留在了巢穴里。它们的巢穴在大山里的一棵大枫树的树洞里，它们的洞穴很安全，孩子们不会受到鹰或者其他动物的伤害。洞口的大小只能容蝙蝠妈妈自由出入。每当妈妈出去觅食时，两只小蝙蝠就在树洞里乖乖地等着妈妈带好吃的回来。刚开始，蝙蝠妈妈有时候能带回来肥美柔软的飞蛾，但是，有时候只能给它们带回来有硬壳的昆虫。

两只小蝙蝠虽然生活在一起，但性格却迥然不同：个头小的总是想多吃一点，还很爱生气；个头稍大点儿的就显得老实沉稳多了。

蔷薇花盛开的六月过去了，接着就是雷雨频繁的七月。两只小蝙蝠已经长大了，翅膀已经和妈妈差不多大了，只是体重还比较轻。它们还没有开始出去觅食，只能每天等着妈妈把美食带回家。小蝙蝠长大了，狭小的树洞已经容不下它们两个了，它们只好停在树洞外的树枝上。

每当母亲带着食物回来，小蝙蝠们就兴奋地扇动起翅膀。最近几次，当它们不停地扇动翅膀的时候，竟然发现自己已经能够悬浮在空中了。真是让人惊喜啊！蝙蝠妈妈也觉得它们可以自己出去觅食了。

一天晚上，蝙蝠妈妈像平时一样带着食物回来了，却没有急于来到洞口，而是落在了离小蝙蝠稍远一点的地方。饿坏了的小蝙蝠叫着走过去，妈妈却跳到了更远的位置。

就这样追追停停，蝙蝠妈妈已经到了树枝的尽头，个头小的那只小蝙蝠抢先扑向妈妈，然而蝙蝠妈妈却带着食物飞了起来，个头大一些的小蝙蝠用力过猛，一下子没有站稳，从枝头上摔了下去。

小蝙蝠吓坏了，急忙扇动起自己的翅膀。

"嗯？怎么回事？"它感觉到自己不再下坠了，而是摇摇晃晃地飞了起来，尽管飞得有点不稳，姿势也不好看。毕竟是飞起来了，真让人惊喜啊！它没有飞多久就累了，眼看就要掉落到地上时，一直在旁边照看的妈妈迅速地飞过来，将它驮在背上，送到了安全的地方。

个头小的蝙蝠想偷懒，一直不愿意飞，但是，在妈妈的严格要求下，在大个儿蝙蝠能够飞行后的第三天，它也摇摇晃晃地飞了起来。

七月将要过去的时候，两只小蝙蝠已经学会了飞行，而且长得和成年蝙蝠一样大了。每当夜幕降临的时候，蝙蝠妈妈就带着它俩出去觅食，并教给它们觅食的技巧。

2. 遇难的小蝙蝠

一天，两只小蝙蝠正在捕捉一只飞蛾。这时，一只独角仙轰鸣着从面前飞过。它俩立刻决定放弃捕猎飞蛾，追向它们从未捕猎过的独角仙。不一会，它俩就追上了独角仙，可是独角仙又硬又滑的外壳让它们无计可施，它们既咬不动，也咬不住。它们尝试了好几次都失败了。追随而来的妈妈看到后，温柔地说："孩子们，我来教你们怎样抓住这种猎物，你们要好好学。"

　　蝙蝠妈妈扇动翅膀加快了速度，很快便追上了独角仙。它把尾巴处的皮毛弯曲起来，一下子变成了一个浅浅的袋子，然后用力飞起往前一兜，独角仙就成了囊中之物，紧接着它封住袋口，用两只脚紧紧地按住独角仙，低下头用尖利的嘴巴将独角仙的腿脚和翅

膀扯掉，坚硬的角和外壳也被撕了下来，只剩下独角仙柔软细腻的肉了。看到妈妈这一系列干净利落的动作，两只小蝙蝠太佩服妈妈了，妈妈真是太厉害了！

　　蝙蝠妈妈顺便又教给它们空中接物的本事。它把美食抛给孩子们，可两只小蝙蝠还不够灵活，竟然没能接住。蝙蝠妈妈只好又飞

快地飞下来，把食物放在自己用尾巴做成的袋子里。它不厌其烦地一次次地抛出，又一次次地拾取。终于，小蝙蝠们接到了妈妈抛给它们的美食。虽然，这一次它们还没能像妈妈那样娴熟地用尾巴捕猎昆虫，但这次捕猎让它们大开眼界。

雷雨季节时常有狂风暴雨，往往还伴随着电闪雷鸣。在这种天气里，蝙蝠们无法外出觅食，只能躲在树洞里。运气不好的时候，这种天气会持续好几天，蝙蝠们只能拥挤在狭小的树洞里，忍受着饥饿。等到天一放晴，气温会马上升高，树洞里就会变得闷热无比。有一天，那只小个头的蝙蝠实在受不了树洞的闷热，就不顾妈妈的警告溜了出去。

它倒挂在一根树叶浓密的树枝上。一阵凉风吹过，它感到说不出的舒坦，非常享受地闭上了眼睛。这儿可比树洞里舒服多啦！尽管妈妈在树洞里不停地召唤它，要它注意安全，但是这里太舒服了，小蝙蝠动都没动一下。

天气实在是太闷热了，树林里的鸟都在树荫下乘凉。可是还有一些鸟儿几天没吃东西了，狂躁地叫着，在树林里飞来飞去，寻找着猎物。一只长着坚硬长喙的大鸟发现了一窝小雏鸟，顷刻间便将这些雏鸟吃得干干净净。它又发现了在浓密的树叶下吊着一个黑乎乎的东西，便飞了过去，用它那又尖又长的嘴啄了一下。闭着眼睛还在享受的小蝙蝠没来得及躲闪，就被尖尖的鸟嘴扎进了脑袋，一声没吭就从树枝上跌落了下去。

蝙蝠妈妈和大个头蝙蝠都知道小个头蝙蝠不可能再回来了，尽

管它们并不知道小蝙蝠是怎样死去的。

凑巧的是，小个头蝙蝠的死亡恰巧被人类看见了。

当时，一个到小河边钓鱼的男人刚好坐在树下休息。他听到大鸟的叫声，接着就看到有东西从树上飘落下来。这个人刚好是一个生物学家，便将小蝙蝠带回去做成了标本，还在旁边注明了死因，提醒人们要注意自然界的生存法则——顺应自然才是生存之道。

3. 阿特拉法长大了

　　小个头蝙蝠死后，就只剩下了大个头蝙蝠与母亲相依为命。大个头蝙蝠慢慢长大了，它就是我们故事的主人公——阿特拉法。

　　蝙蝠妈妈将蝙蝠的生存本领倾囊相授给了阿特拉法。虽然阿特拉法刚刚成年，但是它已经完全掌握了这些生存技巧。

　　比如，阿特拉法已经能够非常娴熟地整理毛发了。第一步，将身体的下半部分在水里打湿；第二步，倒挂在树枝上，它通常是先用一只脚倒挂，这样身体可以

　　尽可能地舒展开来；第三步，用带钩子的翅膀尖儿细细地梳理全身，然后再换另一只脚来倒挂。清洗翅膀就是利用内外皮肤相互摩擦来蹭掉脏东西。清洗完成后，阿特拉法再飞行时就会感到一身轻松。

　　阿特拉法对捕猎的技巧早已驾轻就熟。针对不同小动物，它会采取不同的捕猎方式，而且还能够分清楚哪些是不能捕猎的。比如：小蜜蜂千万不能抓，因为蜜蜂会与自己同归于尽；蜻蜓、飞蛾之类的昆虫，可以在飞行中捕获；独角仙需用抄兜的办法；体形较大的蛾子，必须从上方飞过去咬断它们的翅膀才能抓住。

阿特拉法长得越来越大了，但它飞行起来却很灵巧，它能灵活地飞过只有它一个翅翼宽的地方。阿特拉法飞快地掠过水面，能轻松地躲过突然跃起的大鳟鱼。

阿特拉法对自己的飞行技巧十分自信，它甚至会从夜莺的嘴里抢夺食物。当它发现夜莺在追赶飞蛾时，阿特拉法会迅速地飞过去，先夜莺一步吃掉飞蛾。

盛夏来到了，阿特拉法已经可以独立觅食生活了。虽然它还和母亲住在同一个巢穴里，但是觅食、归巢的时间都已经错开了。

最近一段时间，母亲黄昏的时候才会出去觅食，回来得也比以往晚了许多，每次太阳快升起时才回家。阿特拉法不知母亲在忙些什么，但它发现母亲的体态有了很大的变化。

几天后的一个清晨，阿特拉法正在洞穴中熟睡，突然被一阵奇怪的声音吵醒了。母亲听到声音后马上飞了出去。阿特拉法紧跟在母亲身后也飞了出去。

天哪！洞穴外全都是漫天飞舞的蝙蝠，它们的翅膀振动发出"嗡嗡"的声音。这些蝙蝠虽然和阿特拉法是同一类，个头却远比阿特拉法大得多。这些蝙蝠身上散发出高雅的贵族气息，它们的飞行姿态非常优雅。每一只蝙蝠看起来都健壮优美。

阿特拉法被眼前的景象惊呆了。这时，一对特别漂亮的蝙蝠依偎着飞过来，一只体形稍大，一只体形稍小。当它们飞近时，阿特拉法才发现那体形小的竟然是自己的母亲！它看上去是那么幸福。

阿特拉法突然间感到自己被抛弃了。回想起自己慢慢长大了，母亲关心自己却越来越少了，阿特拉法心里充满了孤独和委屈。

它伤心地回到巢穴去睡觉了。正在熟睡时，阿特拉法又被惊醒了——母亲还带着那只大蝙蝠回来了。阿特拉法本能地向母亲靠了过去，可是那只雄蝙蝠张大了翅膀吓唬它，不让它靠近。母亲装作没看到，也没有劝阻。阿特拉法觉得自己可怜极了，它不再靠近母亲，蜷缩在洞穴的一个角落里，独自伤心。

阿特拉法并不知道，那只雄蝙蝠就是自己的父亲。从那以后，大蝙蝠也没有再吓唬过阿特拉法。阿特拉法的情绪非常低落，它觉得母亲不再爱它了，留在这里也没啥意思了，与其这样，还不如离开这里，再也不回来了。

不久，阿特拉法就找到了一个属于自己的新巢穴，开始了真正独立的新生活。

4. 阿特拉法的迁徙

在蝙蝠的世界里，小蝙蝠基本上都会经历这样的成长过程。当爸爸和妈妈重新在一起生活时，小蝙蝠就要自立门户，它们需要找一个属于自己的独立的新家。

在这个季节，成年蝙蝠每天都会举行热闹的相亲舞会。舞会结束后，找到伴侣的蝙蝠就开始了新婚生活。

秋天来了，猎物越来越少，蝙蝠们不得不长途飞行，甚至不断迁徙来找到足够的食物。蝙蝠们长途迁徙需要许多蝙蝠组成一个圆圈，不停地旋转着往高处飞。这需要不断地训练。

有一天，天上挂着几颗星星。无数只蝙蝠聚集成了两层巨大的圆圈，上层是雄蝙蝠，下层是雌蝙蝠，它们像一片乌云一样，忽上忽下地旋转着向高处飞去。

阿特拉法作为一只成年雄蝙蝠，随着其他雄蝙蝠飞行。它们顶着烈日，一刻也不敢停歇，终于在太阳落山时，到达了目的地——一片离山谷很远的森林。到达目的地后，它们就四处分散开来，各自找地方歇息。

在雄蝙蝠远去后，雌蝙蝠才开始行动，它们用同样的方式到达了同一片森林。在这天的迁徙中，也有些蝙蝠掉队了。

阿特拉法在这天的迁徙中，受益良多，跟着父亲学到了很多飞行技巧。

这天的迁徙是整个迁徙中的一小部分，蝙蝠队伍在这里休整两天后，又继续向南飞行。它们不分昼夜地飞行，有时沿着海岸线飞行。在北方的树叶开始凋零时，阿特拉法它们终于飞到了枝繁叶茂的南国，这里食物丰富，每天晚上飞蛾都漫天飞舞。在这里，阿特拉法

开始了自己的新生活。

南国的冬天虽然不太冷，但是春天也还远远没有来到。阿特拉法和其他雄蝙蝠来到这里后就各自分散开来，结成一些小小的群落。那些随后到达的雌蝙蝠并没有立刻去寻找自己的丈夫，而是像雄蝙蝠那样结成小小的群落，自由地生活。它们在捕猎的时候偶尔也会和自己的丈夫相遇，但是就像不认识似的在空中擦肩而过。

南国的气候缺少变化，也就少了春天来临时的那种强烈的喜悦。不久，这些蝙蝠就开始想念北方了，想重返北方。于是，阿特拉法它们又聚集成一大群，浩浩荡荡地北上了。

这时，北方的冬天已经过去了，绿意盎然的春天来了。在北上的迁徙途中，有一些蝙蝠离开队伍，去了其他地方。春天的气息越来越浓了，昆虫也渐渐多了起来。

不过当气温骤然降低时，蝙蝠们就不得不放弃前行，停下来相互依偎着取暖。初春时节，天气忽冷忽热变化很快，有些身体虚弱的动物经不起折腾就死掉了。

随着时间的推移，温度开始稳步回升，真正的春天来了。阿特拉法它们也振奋精神继续向北方飞行。渐渐地，熟悉的山川河流开始映入眼帘。阿特拉法高兴极了，但它却没有回到自己原来生活的那片森林。

这也是蝙蝠们的生活习性。雄蝙蝠并不是一年到头都和自己的妻子生活在一起，它们平时都生活在北部的高山上。只有在繁殖的季节，它们才会飞回这片森林。上次阿特拉法见到自己的父亲就是这种情况。

阿特拉法看到了一湾蓝幽幽的湖水，它知道目的地到了。

经过这次迁徙，阿特拉法越来越健壮了，在它眼里，父亲也没有那么高大了。阿特拉法的体力、飞行技巧和速度已经不是一般的蝙蝠能够相比了。就算是遇到猫头鹰，阿特拉法也能轻松逃脱。阿特拉法飞起来快得像闪电，转瞬之间就可以做出回旋、俯冲等动作。

在阿特拉法居住的高山上，每天太阳一落山，那些个头小的蝙蝠就会出来觅食。夜深之后，像阿特拉法这样的大型蝙蝠才会出来寻找食物。

一般它们先到河边喝饱了水，然后，再开始捕食。吃了一顿丰盛的晚餐后，就到了游戏时间，它们玩得惊险刺激，甚至有些蝙蝠还敢去戏弄猫头鹰。

在炎热的盛夏，到瀑布旁玩耍成了阿特拉法它们最喜欢的游戏。蝙蝠们一头扎进瀑布，跟随水流一同快速坠落，在水流就要跌入潭底的那一刻，瞬间逃开。这种游戏很刺激，也非常危险，需要很高的技巧，一旦把握不好就会被急流而下的瀑布卷入深潭，再也回不来了。这个夏天，已经有好几只蝙蝠不幸葬身水底了。

除了这些刺激的游戏之外，阿特拉法它们还经常戏弄水里的大鳟鱼。大鳟鱼会跃出水面来捕食昆虫，可恶的是，它们有时也会把掠过水面的蝙蝠拖入水中当作美餐。

阿特拉法它们擦着水面掠过，引诱大鳟鱼飞跃出水捕食猎物。这也是一项非常危险的游戏，阿特拉法目睹过一些小蝙蝠在戏弄大鳟鱼时，被一口吞下的惨剧。即使像阿特拉法飞行技术这么优秀的蝙蝠，也差点命丧鱼口。有一次在戏弄大鳟鱼时，因为自己的失误，它的一块小小的尾巴尖儿被大鳟鱼咬掉了。

5. 一对好朋友

阿特拉法在一个树洞里安起了自己的新家。一天，阿特拉法正在新家里休息，树干上传来"咚咚咚"的敲击声。原来是一只啄木鸟正堵在洞口，用坚硬的嘴啄着树干，它的嘴尖锐异常，木屑被啄得纷纷飞扬。看样子它这是想拓宽洞口，要把这个树洞当

作自己的窝。

　　被啄木鸟这么一折腾，阿特拉法一整天都没有休息好，它打不过啄木鸟，只能赶紧给它让地儿。等到晚上啄木鸟回去休息的时候，阿特拉法就离开了这个新家，去寻找另外一个新的巢穴。

　　很快，阿特拉法就发现了一个新的巢穴，这个树洞比先前的那个树洞宽敞多了。阿特拉法很满意地在这里住了下来。

有一天，它听到洞口处有奇怪的声音。阿特拉法紧张地盯着漆黑的洞口，只见一只毛茸茸的动物钻了进来，并用发着光亮的眼睛扫视了一下洞穴。阿特拉法发现洞口被堵了，已无路可逃，非常害怕，紧张地缩成了一团。

不过后来阿特拉法才知道，那只是一只鼯鼠，性格温和，并不捕食蝙蝠。这只母鼯鼠要产子了，所以才选中了这个洞穴，想把这里当作育婴房。于是，这只鼯鼠便和阿特拉法生活在一起了。

不久，鼯鼠产下了可爱的小鼯鼠，阿特拉法和这些鼯鼠宝宝成了朋友。它们在一个洞穴中生活了很长时间，相处得就像一家人。

阿特拉法和鼯鼠的孩子们都需要温暖，所以，当鼯鼠妈妈不在家的时候，阿特拉法就和小鼯鼠们靠在一起相互取暖。

每当巢穴附近的树林中响起"咕——"的声音时，鼯鼠一家和阿特拉法都非常恐惧，因为发出这种低沉声音的是一种叫鹗的鸟，这种鸟是它们的天敌。只要听到这种鸟叫的声音，它们即便是已经饥饿难耐，也必须待在洞穴里，直到声音消失。

"咕——"，这一次，这低沉而又令人恐惧的声音越来越近，阿特拉法和鼯鼠在洞穴里待不下去了，无论如何也要出去打探一下。

鼯鼠一马当先冲了出去，它向旁边的树枝一口气滑出去了七八米远。当它滑到那棵树后，马上隐藏在树的背面，准备寻找下一个飞行目标。不幸的是，鹗已经发现了它隐藏的地方，迅猛地向它扑去。

　　在这危急时刻，一直在洞穴口观望的阿特拉法快速地向鹗飞去，径直地冲向鹗的脸，在即将要撞上的一刹那才猛地一转弯。鹗大吃一惊，等它搞清楚状况，阿特拉法的朋友——那只鼯鼠早就飞到另一棵大树上，钻进树缝里躲了起来。

　　就在阿特拉法躲开那只雄鹗、看着鼯鼠到达安全地带的一瞬间，它突然感觉到自己的身体被重重地一击，一下子摔在了地上。原来是那只雄鹗的妻子赶了过来。幸亏阿特拉法反应快，躲开了这只雌鹗的袭击，只是撞在了它锋利的爪子上。

　　摔在地上的阿特拉法迅速地爬起来，躲进了鼯鼠躲藏的那个树缝里。两只鹗气急败坏地扑向裂缝，伸着长长的爪子想把里面的美食刨出来，焦躁地不断发出令它们害怕的"咕咕"声。阿特拉法和鼯鼠紧紧地挨在一起，吓得大气都不敢出。

折腾了大半天也没有抓到猎物，这两只鹗有些不耐烦了。它们把尖利的嘴弄得"嘎嘎"响，阿特拉法和鼯鼠听得心惊胆战。渐渐地，两只鹗失去了耐心，它们中的一只留下来等待树洞中的猎物出来，另一只先去别处觅食了。这只鹗守在树缝旁整整一个夜晚也没有离开，阿特拉法和鼯鼠也没能离开。

这只鹗还有自己的孩子需要喂养，第二天一早，鹗放弃了这顿美餐，不情愿地飞走了。阿特拉法和它的朋友鼯鼠终于可以离开了，回到它们自己舒服的洞穴里。

6. 被关进了箱子

在蝙蝠的生活中，最让它们头疼的，除了天上飞的猫头鹰以及能爬进树洞的鼬鼠，就是虱子了。这些烦人的虱子能钻进蝙蝠的皮毛，叮咬它们的皮肤，害得它们连觉都睡不好。

阿特拉法是一只很爱干净的蝙蝠，经常清理皮毛。在清理皮毛时，它会用一只脚倒挂在树枝上，另一只脚寻找躲在皮毛中的虱子。抓住这些讨厌的家伙后，它就会毫不留情地咬死它们。不过当它的巢穴爬满了虱子时，它只能忍痛割爱，放弃这个巢穴，再另外寻找一个。

阿特拉法在生活中基本上都和雄性蝙蝠打交道，偶尔还会遇到自己的父亲，但是父亲已经老了，没有以前那么健壮强大了，它们彼此间也仅仅是擦肩而过。

阿特拉法慢慢地成长着。在雄蝙蝠们生活的湖区里，还住着许多人。对于蝙蝠而言，人类才是最危险的。在湖区的斜坡上，这些人建造了很大的锅灶，每天晚上这里都会冒出有着怪味的浓烟。傍晚捕食时，有无数只好奇的蝙蝠朝那边的火光飞去，想看个究竟。

阿特拉法有着强烈的好奇心和冒险精神，这次它也飞到了这里，但立刻就被奇怪的味道弄得呼吸困难，不得不马上离开。

和阿特拉法相比，有些蝙蝠就不幸得多了，有的因吸入太多这种气体窒息后摔死了；有的变得行动迟缓、迷迷糊糊的，成了鹰的腹中餐。所以对于蝙蝠们来讲，这个污染非常严重的地区就像是坟场，是一个极其恐怖的地方。

一天傍晚，阿特拉法正在湖边上空觅食，突然随着"砰"的一声巨响，它感觉到胸部一阵剧痛，然后摔在了湖面上。幸运的是蝙蝠的皮毛都比较细密，不容易进水，所以阿特拉法并没有沉下去，而是漂浮在湖面上。它奋力划动着翅膀向岸边游去。

这时，一个少年走了过来，用一个木棍将阿特拉法挑了出来，把它放进了一个空罐子里。少年把阿特拉法带回家，关在一个带栅栏的箱子里。

原来，这个少年正在用自己的生日礼物来练习枪法，他的目标

就是这些像树叶一样飞舞的蝙蝠。可是他不知道，蝙蝠虽然长得很丑，但是它们能消灭害虫，有益于人类，而且也从不骚扰人类。幸运的是，将阿特拉法打落下来的男孩并不是一个爱恶作剧的人，他只是静静地看着这只瑟瑟发抖的蝙蝠。这时，男孩的妹妹走了过来，忽闪着蓝色的大眼睛，好奇地看着箱子里这个奇怪的东西：

"哥哥，给它喂点吃的吧！"

于是，两个孩子拿来一些面包屑放进箱子里。可是第二天早上，面包屑还是原封不动地放在那里。两个孩子又放了些小虫、蔬菜和肉，但是箱子里的阿特拉法一点儿都没吃。孩子们的妈妈看到这种情况，就问兄妹俩："宝贝，你们给它喂水了吗？"

"哦，妈妈，我们忘了！"两个孩子把装了水的盘子放进箱子里。这时，一直趴在那里一动不动的阿特拉法立刻来到盘子边喝起水来。其实，阿特拉法的喉咙早已干渴得像烧焦了一样。喝完水后，阿特拉法的精力才稍稍恢复。它爬到箱子里的一个角落，然后把身体倒挂起来，睡着了。

第二天早晨，兄妹俩跑来看的时候，箱子里放着的昆虫和肉都不见了，阿特拉法把它们全都吃光了。

阿特拉法并没有中弹，只不过是胸前的肌肉受到了损伤，补充了一些食物又休息了一段时间后，就彻底恢复了体力。可是它被关在这个箱子里，没有办法飞起来。看来这个少年和他的妹妹并不想给阿特拉法自由。

7. 终于自由了

阿特拉法在箱子里待了两周，原来喂食的那个少年再也没有来过，换成了他的妹妹。不过，她送来食物就走了，没有打扫过箱子，就这么马马虎虎地照看着可怜的阿特拉法。

过了很久，阿特拉法才知道，孩子们所在的村子里开始流行一种恶性疾病，小男孩被传染上了。一天，小女孩将食物扔给阿特拉法后就匆匆忙忙地离开了，没来得及把箱子的门锁上。

到了晚上，阿特拉法像平常一样用鼻子碰撞栅栏，碰了几次后，居然真的撞开了门。阿特拉法立刻从箱子里飞了出来，然后朝着开着的窗子飞去，终于飞到了屋外。接着它在屋顶盘旋了两圈，好像在说："我自由了！"

阿特拉法飞走后，这个村庄里又添了几座新坟，其中就有那个小男孩和他的妹妹的。原来，这兄妹俩都染上了恶性的传染病，没有医治好，病死了。传播病菌的就是蝙蝠的猎物——苍蝇、蚊子等害虫。人类猎杀了大量的蝙蝠，使得蝙蝠的数量减少，苍蝇没有了蝙蝠的猎杀，得以大量繁殖，它们传播病菌，给人类带来了灾难。

在失去自由的两个月里，阿特拉法还被用来做过一次科学实验。因为少年所在的村子里有人生病，请来了一位医生。当这位医生听说村里的少年养了一只非常大的蝙蝠时，就向少年借了这只蝙蝠来做实验。

医生用一只手抓着阿特拉法，用另一只手把柔软的蜡涂在阿特拉法的眼睛上，然后在蜡上面贴上橡皮膏。他想试验一下蝙蝠如果不用眼睛看前方还能不能飞行。庆幸的是，这位医生并不像以前的实验者那么残忍，要弄瞎蝙蝠的眼睛才来做实验。

当准备工作完成后，医生松开了手，阿特拉法拍打着翅膀，跟跟跄跄地飞了起来，开始好像还没辨明方向，但是不一会儿就能非常灵活地飞行了。当接近墙壁和天花板时，它都能及时地改变方向，继续灵活地飞行。医生看到这种情况，就伸手想抓住阿特拉法，不料阿特拉法一下子就躲开了。他又想用网罩去罩住阿特拉法，但阿特拉法还是灵巧地躲开了。阿特拉法还能够灵巧地在桌子下面和椅子中间飞行。

随后，医生又增加了实验的难度，在房间里拉上了许多线。就算这样，阿特拉法在飞行中照样一次也没有碰着。难度继续增加，医生在房间里放了一盆水，并把一两只大个儿的苍蝇放了进去，阿特拉法边喝水，边追逐苍蝇。等它追到苍蝇并且吃掉时，已经没力气了。它飞到房间的一个角落里，将身体倒挂起来休息。医生趁这个时候，用网罩罩住它，又重新把它给抓了起来。

通过这个实验，医生知道了蝙蝠并不仅仅是依靠眼睛飞行，这就是蝙蝠与其他飞行动物之间最大的区别，也是蝙蝠最神奇的地方。

8. 遇到爱情了

重获自由的阿特拉法慢慢地成长为一只出色的蝙蝠，而且它也到了一生中精力最充沛的一段时期。夏季快要过去了，阿特拉法总有一种说不上来的躁动。它迅猛地在湖面上、森林中穿行，只有把多余的精力消耗掉，心里才会舒服一些。

阿特拉法疯狂地飞行一阵子之后，最终决定来一次长距离的飞行，一来可以检验一下自己翅膀的力量，二来可以让自己狂躁的心情平静下来。

在飞行过程中，阿特拉法需要再次飞越那个人类制造的危险区域，也就是当初自己被击落的区域。阿特拉法为了避开有毒的气体，就改变了飞行路线。就在这个时候，阿特拉法听到"吱吱"的悲伤的鸣叫声。它循声望去，原来是一只跟自己母亲的个头儿差不多的蝙蝠正被一只鹰紧紧追逐着，这只蝙蝠险象环生，马上就要被抓到了，真是危险极了。

阿特拉法鸣叫着从老鹰面前"嗖"地一下飞了过去，正在专心追逐猎物的鹰被吓了一跳，速度慢了下来。就在这一瞬间，那只差点被抓住的小蝙蝠已经逃脱了鹰的追捕，飞到茂密的树林里去了。

眼看到嘴的美餐飞了，鹰气坏了，它将一腔怒火都转移到了阿特拉法身上。可是阿特拉法的飞行技术实在是太高超了，可怜的老鹰扑了个空。阿特拉法在这个空当，打了声呼哨，飞远了，只留下气急败坏却又无计可施的鹰。

奇怪的是在那天救下小蝙蝠后，阿特拉法却睡不着了，眼前总是浮现出那只小蝙蝠的影子。阿特拉法实在是忍无可忍了，它想去看看那只逃到树林里的小蝙蝠究竟怎么样了。于是，它挥动着强有力的翅膀，迎着风穿过湖面，飞向那次与小蝙蝠邂逅的地方。按照上次的路线，它避开了毒气，飞到了那片树林上方，阿特拉法停留在空中，扇动着翅膀。阿特拉法隐隐觉得小蝙蝠已经不在这了，于是就向远处飞去了。不一会儿，它就发现了目标——那只个头比阿特拉法稍小的可爱的小蝙蝠。它就是让阿特拉法睡不着觉的"罪魁祸首"。

阿特拉法才不觉得它是什么罪人呢！哼着快乐的歌曲向小蝙蝠靠了过去。

小蝙蝠看见阿特拉法过来就赶紧逃开了，但好像又不想逃远，而是飞一段就放慢速度，总是距离阿特拉法一段距离。

　　这只小蝙蝠是只雌蝙蝠，阿特拉法到了恋爱的季节，所以他的内心才充满了渴望和激情，而蝙蝠的本能使它判断出这只小蝙蝠就是他自己要追求的对象。

　　阿特拉法终于追上了小蝙蝠。它们一起并排飞着，时不时地摩擦一下翅膀，在以后的几天里，它们形影不离。一个星期后，两只蝙蝠间的耳鬓厮磨、激情追赶才渐渐平息下来，阿特拉法和小蝙蝠安静地结伴飞行。

　　恋爱季节过去了，秋天悄然而至。蝙蝠的皮毛褪色了，热情也降温了。秋天意味着新的迁徙又要开始了。此时，蝙蝠们又雌雄分开结成一个个群落。

　　这一天，雄蝙蝠依然先行迁徙；之后，雌蝙蝠也开始行动了。与蝙蝠们同时迁徙的，还有燕群。燕子也是飞行的行家，当这两种

飞行行家碰到一起的时候，自然开始了飞行比赛。蝙蝠们在前，燕子们就追赶；燕子们在前，蝙蝠们就追赶。一比拼起来，双方就像闪电一样向前飞行。

9. 惊险的旅程

燕子们有一种绝技，当遇到气流的时候，它们会像冲浪选手一样顺着气流飞行，这样既省力速度又快。这个技巧被蝙蝠们发现了，没多久，蝙蝠们也掌握了这种技术。燕子们在气流来的时候仍然扇动着翅膀，最后还是蝙蝠占了上风。阿特拉法的蝙蝠队就成了这场飞行比赛的获胜者。

蝙蝠们飞到海岸边的时候，已经疲惫不堪了，它们先好好地睡了一觉。第二天一大早，蝙蝠们恢复了部分体力，便开始四处觅食了。但是空旷的海岸线上食物很少，海风却一阵比一阵寒冷。为了躲避严寒和寻找食物，阿特拉法和蝙蝠们不得不忍饥挨饿继续向南飞行。根据以往的经验，越高的地方就会越温暖，可是当它们越飞越高时才发现，事实并非总是如此。当地面上已经白雪皑皑、银装素裹的时候，阿特拉法和它的伙伴们还在继续向南飞行。下雪天不适合飞行，阿特拉法和蝙蝠们只好先找个能够藏身的地方，可怜兮兮地互相依偎在一起，等待着天气的好转。

　　第二天，雪终于停了，蝙蝠们又可以继续向南飞行了。可是才飞了没多久，天气又变了，一阵阵的雾气渐渐地弥漫开来。幸运的是蝙蝠飞行并不依赖眼睛，所以，尽管是在浓雾里，仍然不耽误它们的飞行。只是在雾中飞行，就不能时时看到自己的伙伴了。渐渐地，浓雾变淡了，阿特拉法能看到远处的东西了。突然，它也看到了让自己大吃一惊的东西。

　　阿特拉法到底看到了什么呢？那是它们的天敌——鹰。那只鹰也正在南迁。一路的飞行，这只鹰早已饥肠辘辘了。浓雾散开的时候，它也看到了它的美餐——蝙蝠。阿特拉法发现鹰的时候，鹰已经恶狠狠地向它扑过来了。

虽然天气有点儿冷，但是阿特拉法体力充沛，飞行没受到影响，非常轻松地就躲过了鹰的攻击。鹰虽然没有料到阿特拉法能躲过去，但是它是绝对不会放弃这顿美餐的。鹰不断发起攻击，阿特拉法不断躲闪，可是它不想跟这只鹰周旋，那样会耗费太多体力。它灵机一动，一下子飞到了云层之上，这下敌人就再也追不上自己了。阿特拉法在云层上飞了一段时间后，感觉已经甩掉了那只讨厌的鹰，就慢慢地降到了云层的下面。

飞下来后，它惊呆了，它看不到自己的伙伴了，四周空旷无物，没有山峰，没有树木，连个歇脚的地方都没有，有的只是茫茫大海。阿特拉法一下子蒙了，它失去了方向，陷入了困境。

阿特拉法已经非常疲惫了，可是它不能放弃飞行，一旦放弃就会摔到海里淹死，它现在只能尽力依靠气流向前滑行。可是气流不稳定，阿特拉法已经没有力气挥动翅膀了，它的身体已经开始慢慢地下降了。

阿特拉法马上就要淹没在波涛汹涌的大海里了。突然远处传来一阵鸟叫声，阿特拉法扭过头，看见一群翅膀特别长的鸟正掠着海面飞行。

阿特拉法以为敌人又来了，这一惊，它又振作了一下。不过，当它发现这些鸟和自己的飞行方向相同的时候，便放下心来。

尽管阿特拉法使劲扇动着翅膀，但已经不像和燕子比赛时那么有力了。它疲惫极了，翅膀已经时不时地沾上海水了，它的胸部剧烈地起伏着，呼吸也越来越急促，海水溅到嘴里，又苦又咸。

茫茫的海面上，没有可以站立的地方，只有海浪声一波一波地传来，阿特拉法已经快要绝望了，它快要放弃了，无精打采地挥动着翅膀。

四周渐渐暗下来时，阿特拉法又听到了那群大鸟的叫声，这次的叫声更像是聚集在一起的喧哗，叫声离自己越来越近了。阿特拉法强打精神，告诉自己：一定不能放弃！于是它又振作了起来。朦胧中它似乎听到了海浪拍打海岸的声音，还有树叶在风中沙沙作响的声音。

啊，马上就到陆地了，阿特拉法用尽最后一丝力气扇动了一下翅膀，就落在沙滩上不动了。它实在是太困、太累了，落到地上后就睡着了。一片树叶随着海风飘落下来，刚好盖在阿特拉法的身上，就像给它盖了一床被子。

当阳光照在海滩上时，阿特拉法还在沉睡。那些飞翔的海鸟在阳光下也没有发现被树叶遮挡住的阿特拉法。幸运的是，在涨潮时，海水没有涌到阿特拉法熟睡的地方。阿特拉法睡了一天一夜，太阳快要落山的时候，阿特拉法终于抖动了一下，缓缓地睁开了双眼，然后掀开树叶，伸展开它那大大的翅膀，朝着天空飞去。

睡了这一天一夜，阿特拉法渴极了，它想大口大口地喝水。但它落在海边，苦涩的海水使它难以下咽。它四处寻找，终于找了个小水洼，这里汇集的都是雨水，阿特拉法美美地喝了起来。阿特拉法睡了一大觉，又美美地喝饱了水，终于恢复了些活力，不过它的肚子开始咕咕地叫了。它迫不及待地去捕食了，这儿的食物很多，不一会儿阿特拉法就吃饱了。吃饱喝足后，阿特拉法又在海浪声中昏昏睡去。

阿特拉法到达的并不是真正意义上的大陆，而是大海中的一个岛屿。不过，阿特拉法却很喜欢这里，此后更是常常来到这儿。但是每当春天来的时候，它还是要飞回北方。

阿特拉法就这样过着简单、幸福的蝙蝠生活。虽然，它在生活中也常常经历种种艰辛和危险，但这些都是无可替代的宝贵的生命体验。

野猪泡泡的故事

1. 泡泡的来历

布兰迪一家住在美国弗吉尼亚州南部的一片森林旁边，这片森林常常有野猪出没。

夏天马上就要到了，一大早太阳就升起来了，明媚的阳光穿过森林，森林里一片鲜亮，植物发出的清新的气息，让人心情舒畅。

在森林的边上，有一块空地。突然，空地上出现了一头野猪，它长着长长的嘴巴和两根长长的獠牙，这是头母野猪，它小心翼翼的，看起来十分不安，警觉地四下张望着。

野猪的嗅觉非常灵敏，一般通过气味来判断周围是否有危险的动物或猎手。母野猪仔细地辨别着空气中的气味，它非常紧张，小心谨慎地确认没有危险后，它才走到小河边，喝饱了水，然后蹚过小河，回到森林深处。但是，它还是非常谨慎，在森林里走走停停，一会儿竖起耳朵仔细听，一会儿瞧瞧后面，反反复复地做了很多遍。

它为什么做这些呢？原来，它是在反复确认有没有天敌追上来。它在河里来回走了两次，目的是让河水冲洗掉身上的气味。这样一来，那些靠着气味追踪它的敌人就失去了线索，再也没有办法找到它了。

　　母野猪慢慢地来到森林深处，在一棵枯倒的大树旁停住了。这棵大树的根已经腐烂干枯了，中间形成了一个大树洞。它朝洞里嗅了嗅气味，然后从周边叼来了枯草放到树洞旁。做这件事的时候，它仍然不时地停下来，小心地观察周围的动静，用鼻子仔细辨别空气中的气味，跑出去查看一番，又跑回来。过了好大一会儿，它才低下身子，钻进了树洞，用刚才叼来的草做了一个野猪窝。虽然它已经躺在树洞里了，但是仍然小心翼翼，异常紧张。

忙活了一个早晨，这时候阳光穿过了茂密的树叶照射到森林里的每个角落，连这老树根也焕发了活力，熠熠闪光。

阳光透过树洞照在了母野猪的身上。只见它横卧在树洞口，用粗壮的身体把整个树洞口堵得严严实实，连一只苍蝇都飞不进去。在树洞的阴影里，有几个小东西在蠕动。哇！原来是一窝刚刚出生的小野猪崽！小野猪们粉嫩嫩、肉嘟嘟地挤在一起，它们的鼻子红红的，浑身圆滚滚的，真是可爱极了。

原来，母野猪如此谨慎地寻找树洞、叼草、做窝，都是为小野猪出生做准备呢！母野猪用身体堵在树洞口，当然是为了保护小野猪宝宝啦。

饿了的小野猪们爬到野猪妈

妈的肚子上，无师自通地找到两排乳头，用小鼻子拱着妈妈的肚子，从乳头中吮吸着美味的奶水。

　　一群幼崽拱在自己身边，野猪妈妈心里非常惬意和满足。小野猪们太小了，还不能独自出去寻找食物。野猪妈妈为了照看小

野猪们也尽可能地少出去，除非是它肚子实在太饿了。即便是迫不得已出去，也只是在附近转一转，胡乱找点吃的东西就赶紧回到窝里。

过了几个星期后，小野猪们可以跑了，野猪妈妈就带着它们来到了森林深处。有一天，野猪妈妈带着小猪们到森林里采草莓，不知不觉中，就走到了森林的深处。

小野猪们第一次出远门，相互追逐着撒欢儿，用它们的小鼻子闻着森林里的各种气味，学习辨别各种食物是否可以吃。它们可以用长长的嘴巴挖到草根，于是便能吃到味道甘甜的球形根部。可是有的植物会长着尖尖的刺，有的植物味道怪怪的，它们一碰到这些植物，马上就缩回鼻子。

野猪的鼻子非常灵敏，它们靠鼻子来辨别食物和危险的气味，鼻子对它们而言非常重要。野猪妈妈认真地教小野猪们辨别哪些草长着球根，哪些果子是草莓，哪些能吃，哪些不能吃。小野猪们认真学着生存的技能，并牢牢地记住。

野猪的鼻子也是寻找食物的有力工具，野猪妈妈常常用那坚硬的鼻子在地上来回拱，这时候，总会有小野猪凑在妈妈的身边。其中有一头小猪非常健壮，它毛发红色，总能最先记住新鲜的事物，当然，这其中也有痛苦的记忆。

有一天，一只肚子上有黄色条纹的小飞虫"嗡嗡嗡"地叫着，飞到小野猪们的身边，正好落在红毛小野猪身边的叶子上。

红毛小野猪看到了小飞虫，便用柔软的小鼻子，轻轻地碰了一下小飞虫。突然，那只小飞虫狠狠地在它的小鼻子上刺了一下，就像针扎一样。

"哎哟！"红毛小野猪一下子惊叫起来，疼得跳了起来，背上红毛倒竖，嘴巴也变形了，一张一合却发不出任何声音。过了一会儿，它的嘴巴里就吹出了泡泡。大家看了是不是觉得非常好笑？那我们就管这头小野猪叫"泡泡"吧。

过了整整 24 个小时，泡泡猪的鼻子才不那么疼了。有了这个教训，泡泡猪牢牢地记住了这种小飞虫。

原来，这种小飞虫就是"蜜蜂"。

2. 泡泡猪宠物

有一天，从森林深处传来了"啪嗒、啪嗒"的声音。声音越来越近，像是什么东西走路的声音。野猪妈妈听到过这种声音，这是人类的脚步声。

野猪妈妈以前在布兰迪家的仓房里住过。只要听到这种脚步声，就意味着要开饭了，食物马上就会出现。但是现在在野外，还有小猪宝宝，野猪妈妈开始担心小野猪们的安全，于是，它发出了低沉的声音："呜——呜——"

虽然是第一次听到野猪妈妈这样叫，但是小野猪们的本能让它们感到恐惧。

野猪妈妈当机立断马上向另外的方向跑了起来。泡泡猪第一个追上去，紧紧跟在妈妈身后。其他小野猪紧接着跟在泡泡猪后面，它们排成一排，跟着跑了起来。

原来，只是虚惊一场，什么事情也没有发生。但是，有了这次教训，野猪妈妈便有意远离居民和仓房，带着小野猪们生活到森林深处去了。

到了六月的时候，森林里的草莓就要成熟了。香喷喷、甜丝丝的草莓是野猪们的最爱哦！

仓房主人布兰迪先生的女儿叫莉丝特，13岁了，她个子高高的，胆子很大，从来就没有害怕过什么，经常一个人到森林里玩耍。

这一天，她独自到森林里采草莓，这里的草莓太好了，不知不觉中，竟然走到了森林的深处。

"呼——呼——"

她突然听到了一阵粗重的动物呼吸声。接着，莉丝特身旁的草丛便开始"刺啦刺啦"晃动起来，晃着晃着，竟然晃出来一头大黑熊。

"哎呀！"莉丝特害怕地叫了一声。

黑熊用两只后脚蹬着地，竟然站了起来，比莉丝特还高出一头，它紧紧盯着莉丝特，"呼——呼——"地吼叫着。莉丝特这才害怕地惊叫起来，顿时被吓得全身瘫软，一动也不敢动。

就在这个危急时刻，草丛里又发出了一阵声响：

"呜——呜——"

随后，又有细小的"呜——呜——"声响起。

莉丝特心想："坏了！遇到一窝熊了！"

但是，莉丝特定睛一看，从高高的草丛中跑出来的，不是大黑熊，而是一群野猪，是野猪妈妈和它的孩子们。

莉丝特认出来了，原来是曾经出现在她家仓房里的那头大野猪，还有它的小野猪们。

听到这边的声响，黑熊也看到了野猪，于是它转过身去，准备向野猪妈妈进攻。面对气势汹汹的黑熊，野猪妈妈马上四蹄蹬地，准备应战。

黑熊看到母猪的架势愣住了，竟不知道如何下手。

野猪妈妈后面的小野猪们吓得吱吱乱叫，都往妈妈身后藏。但泡泡却勇敢地仰着小脑袋，面无惧色地盯着黑熊。

野猪妈妈知道，黑熊的战斗力非常强，野猪不是它的对手，但眼前的情况，容不得它逃跑，只能拼死一搏了。为了保护小野猪，野猪妈妈先掩护着小野猪退向草丛，等小野猪们都躲到草丛中后，没了后顾之忧，它便先下手为强，猛地朝黑熊冲了过去。野猪妈妈用尖利的獠牙一下子刺穿了黑熊的一只前掌，然后扭过头，又刺中了黑熊的另一只前掌。

黑熊被这只野猪惹得大怒，抡起那只被刺伤的大熊掌，使出了浑身的力气，朝着野猪妈妈抡去，一下子就把野猪妈妈打倒在地上了。

趁着黑熊和野猪打起来了的空隙，莉丝特缓过神来，小心翼翼地一步步朝后边退去。退出几十米后，她才猛地转过身，拼命往家里跑。

莉丝特头也不敢回，一口气跑回家里。回到家后，她喘着粗气跟爸爸说："爸爸，一头黑熊和野猪在森林里……打起来啦！吓死人了……"

听了莉丝特的话，爸爸赶紧带上猎枪，领着猎狗，向森林跑去。

等他们赶到那片草莓地的时候，一群秃鹫被惊动得飞了起来。果然，黑熊把野猪妈妈杀死了，还吃掉了野猪妈妈身上的一部分肉。在野猪妈妈残缺的尸体旁，还有许多小野猪的尸体。

看到这血腥的场景，莉丝特忍不住大哭起来。这些野猪是为了保护自己才死于非命的啊。

这时候，猎狗突然向草丛大叫起来。接着，一只红毛小野猪从草丛中跳了出来。它"吱吱"地叫着。这正是小野猪泡泡。它的嘴巴一张一合，满脸都是泡泡。

"啊哈！总算还有一个活的。"

布兰迪先生松了口气。他若有所思地说了一句："这只小猪真是不简单啊！"

原来这时，小野猪泡泡已经摆开进攻的架势，准备与猎狗决一死战，它已经准备冲向猎狗啦！

真是一只勇敢的小野猪。于是布兰迪先生到草丛后边，偷偷靠近泡泡，然后猛地抓住它的后腿。泡泡突然被人从后面捉住了两条腿，拼命地挣扎着，叫个不停。

布兰迪先生把它提了起来，装进了猎物袋里。

"真是个可怜的家伙，它这么小，还能不能活下去啊？看，鼻子上的皮都被抓破了。"莉丝特喃喃地说道。

"爸爸，把它送给我吧，我一定能把它养大的。"莉丝特恳求布兰迪。

"行。"布兰迪爽快地答应了。

就这样，野猪泡泡成了莉丝特的特别宠物。

处置好了泡泡，布兰迪先生就在野猪尸体的周围设下了圈套，想逮住这只可恶的黑熊，可是他的运气不佳，只逮到了几只倒霉的秃鹫。

这些野猪的尸体很快就被秃鹫和虫子清理干净了。后来，那块土地上长出了许多美丽的野花。

3. 有趣的游戏

野猪妈妈死了，小野猪的兄弟姐妹们也都死了，只剩下孤单的泡泡了。经过一阵惊吓和紧张，这时候，泡泡才觉得肚子饿得发慌，那被熊抓破的鼻子也还在一跳一跳地疼。

这时候，泡泡还没有意识到，莉丝特已经成为自己的朋友了。

回到家，莉丝特小心地给泡泡清洗伤口，泡泡的嘴巴一张一合，它还不适应莉丝特的照顾，真是有点讨厌啊。莉丝特把热牛奶倒在盘子里喂它，可它根本没见过这些，也不知道如何喝牛奶，无精打采地缩成一团。

莉丝特和妈妈拿着奶瓶过来了。

看见有人过来，泡泡本能地叫了一声，就要跑开，可是它很快就被莉丝特抓住了。母女两人用布把它包起来，把奶嘴塞进泡泡的嘴里。一股香甜的牛奶流到了嘴里，真是太好喝了，泡泡就"咕咚咕咚"地开始喝了起来。它饿坏了！喝饱之后，它竟然一动不动地睡着了。

毕竟，它只是一只又饿又累的小野猪！

莉丝特太喜欢这只可爱的小野猪啦，而且野猪妈妈为了救自己而牺牲了生命，莉丝特对这只红毛小野猪有种特别深厚的感情。刚开始，泡泡不熟悉莉丝特，时刻防备着她，但过了一周后，它就搞清楚情况了：这个小女孩会给自己送来美味的食物，而且还非常温柔。于是，只要看到莉丝特的身影，小野猪就知道食物来了，就会马上跑上去迎接。它非常聪明，知道怎样惹人喜欢，怎样叫才能得到食物。为了能得到足够的食物，它每天还练习发出"吱——吱——"的叫声。刚开始，声音很小，但很快声音就已经很大了。

一个月后，泡泡被莉丝特驯服了，于是莉丝特把它搬到了一个更宽敞的地方。

泡泡非常喜欢莉丝特在它后背上挠痒痒，真是舒服极了。

泡泡还和这个家里的小鸭子、小羊成了好朋友，不过它觉得这两位朋友长得真是很奇怪。有时候，它就和两个好朋友挤在一起睡觉，真是既暖和又舒服。泡泡和朋友们在一起，玩得十分开心。有时候，它会用嘴巴衔着小羊的尾巴往下拽，真好玩！有时候，它趁

小鸭子不注意，一下子就把小鸭子摔倒在地，简直好玩极了！

渐渐地，泡泡也开始和莉丝特开玩笑了。它最喜欢和莉丝特玩捉迷藏。莉丝特一到院子里来找它，它就灵活地躲到院子的茂密草丛里，一声不吭，直到莉丝特找到它。可有时候，它还没有藏好就被莉丝特发现了。这时候，泡泡就会大方地从草丛中跑出来，跑到莉丝特身边，让她给它挠痒痒。

泡泡慢慢长大了，变得越来越顽皮了，它与莉丝特的感情也越来越深厚了。

人们常常说一个人笨就说他是笨猪。确实，家里豢养的猪大多衣食无忧，慢慢地变得很笨。但在弱肉强食的森林中生存下来的野猪，却被锻炼得非常聪明。野猪泡泡更是野猪中绝顶聪明的。

莉丝特跟爸爸一样把手指放在嘴里，学吹口哨。她能吹出尖厉的声音。莉丝特学会之后，就训练用口哨声来召唤泡泡。泡泡太聪明了，没几天就学会了。只要莉丝特一声哨响，泡泡无论在哪里，就会立刻横穿整个院子，飞奔而来。如果它没有马上出现，那么，它一定是躲在什么地方，在和莉丝特捉迷藏呢！

有一天，莉丝特正在刷鞋，泡泡屁颠屁颠地跑了过来。那一天，它比往常调皮，开始恶作剧，把小羊推倒在了小鸭子身上，然后得意扬扬地看着它们狼狈地摔倒在地。

现在，它又跑到莉丝特的身边，围着她转了三圈，要弄明白莉丝特在干什么。它觉得莉丝特做的事情真是奇怪。看了一会儿，它就弄明白了，就用两只后蹄蹬地站了起来，把两只前蹄搭在旁边的椅子上，意思很明显："我也要刷一刷！"

莉丝特一看就明白了，会心一笑，于是在它的两只小前蹄上涂了些鞋粉，用刷子在它的两个前蹄子上刷了起来。

泡泡眨巴着小眼睛，乖乖地让莉丝特给它刷着。莉丝特耐心地给它刷完后，它闻了闻蹄子上清香的气味，鼻子还哼唧了几下，表现出非常满意的样子，好像是在感谢。它撒开干净的蹄子得意地跑开了。不一会儿，刚刷干净的猪蹄子很快又变成了泥腿子。

从那以后，只要莉丝特刷鞋，泡泡就会马上出现在她的身旁，伸出它的脏蹄子，让莉丝特给自己刷洗干净。

泡泡非常聪明，有自己的主意和对错意识，当它做了坏事的时候，也会表现出内疚来。

泡泡喜欢撒野，喜欢欺负小羊和小鸭子。每当这个时候，莉丝特的家人就会责骂或鞭打它。几次以后它就记住了：不能欺负小动物。它还能分辨出莉丝特不同的口哨声，当莉丝特吹的口哨声音非常尖厉的时候，泡泡就会马上停止恶作剧。似乎动物也有着善恶是非观念，只是动物们的智商不同，表现出的程度也不同而已。

有一天早晨，莉丝特从窗户里看到泡泡把脑袋压得低低的，歪着脖子，尾巴尖来回摆动，小眼睛不停地眨巴，这是它又要干坏事的前兆。莉丝特马上想吹口哨制止它，但是好奇心起了作用，想看看它到底要干吗。

原来，小鸭子正被小狗追赶着在院子里到处跑，小鸭子"嘎嘎、嘎嘎"地叫着躲到了小羊的身旁。这下，小狗更加嚣张了，"汪汪"地冲着小鸭子乱叫。就在这时，泡泡发出了"哼——啊、哼——啊"的咆哮声。它要打抱不平啦。泡泡早就长出了尖利的獠牙。它颈毛倒竖，嘴巴一张一闭磨了磨牙，向小狗猛冲过去。

这时，可怜的小鸭被小狗咬住了脖子，被拽着离开。泡泡冲上去，用尖利的牙齿一下子咬住了小狗的肚子。小狗哪里是泡泡的对手，被泡泡掀翻在地，发出了"呜呜"的求饶的叫声，挣扎着跑脱了身，在院子里躲了起来。

莉丝特见识了泡泡打起架来的凶悍劲儿，一下子觉得野猪真是可怕。一抬头，她看见泡泡正朝着自己跑来，她的心扑通扑通地跳了起来。泡泡跑到莉丝特身边的时候，怒气已经消了，已经变成了一副温顺的样子，它又把两只前蹄搭到椅子上，央求莉丝特给它刷蹄子。

4. 黑熊复出

泡泡渐渐长大了，但是小时候被黑熊袭击的惨痛经历，仍历历在目，时间的流逝并没有让它忘记那头可恶的黑熊。那头黑熊杀死了泡泡的妈妈和它的兄弟姐妹。

原来，那头可恶的黑熊在整个黑熊家族中，也是一个游手好闲的家伙。

一般的黑熊大多以草根、草莓、树叶等植物为食。但是，生活在弗吉尼亚州南部科加河畔的黑熊却喜欢吃肉。袭击泡泡一家的那头黑熊，就非常喜欢吃野猪肉。这类黑熊还喜欢吃小牛的肉，当然也不放过鸟巢，有时为了解馋，甚至还会吃掉自己同类的弱小者——幼熊。这头黑熊最喜欢吃的还是野猪肉。为了捕食一头野猪，它会不辞辛苦，长途跋涉。当它捉到小野猪时，一般不会马上将它杀死，而是尽量让小野猪继续活着。这头黑熊把听小猪悲惨的叫喊声当作乐趣，真是个暴虐狂。

　　这头凶恶的黑熊把小野猪和小牛作为猎物，这是因为小野猪和小牛还不能保护自己。但是在一般情况下，当黑熊袭击小牛犊的时候，它常常被聪明有力的母牛赶跑。然而母野猪与母牛比起来就显得笨拙和软弱多了，因此，猎取小野猪比猎取小牛更容易些。

上次黑熊袭击泡泡一家时，竟然遭到了野猪妈妈的顽强抵抗，真是让它感到非常意外。它为一时的疏忽大意付出了沉重的代价，两只前掌被母猪咬成了重伤。很长一段时间里，它走路都很费劲，每走一步都伴随着疼痛。这种疼痛折磨着黑熊，它恨死这些小野猪了，想疯狂地报复它们。

黑熊没有受伤之前，袭击过很多野猪，但在袭击了泡泡一家之后，它只能靠捕捉兔子等小动物来填饱肚子。黑熊伤好之后，非常想吃野猪肉，简直是想疯了。野猪肉的香味，已经让它把受伤的惨痛教训忘得一干二净了。

黑熊的鼻子异常灵敏，只要嗅嗅风中的气味，它就能知道周围有没有猎物。一旦闻到猎物的味道，它就会跟踪着气味，慢慢靠近猎物。

在一天清晨，天还没有亮，微风轻轻吹过。咦，有小野猪的气味。这一下子勾起了黑熊肚子里的馋虫。黑熊就穿过森林，悄悄来到了布兰迪先生的家附近。

"哈哈！真是棒极了！终于让我抓住你了，这香喷喷的美味就在眼前了！"

黑熊跟踪着气味，晃着大脑袋，走向了布兰迪先生的家。黑熊虽然身体笨重，但是这时却动作敏捷，没有发出一点儿声音。

黑熊循着气味来到了布兰迪家的院墙边，它想爬上院墙，翻进院子里来。出乎意料的是围墙不够结实，一下子就被笨重的黑熊压塌了，一声巨响后，黑熊就呼啦啦地滚到了院子里。

这个时候，野猪泡泡正枕着小羊的后背做着美梦呢！泡泡一下子被巨大的声响惊醒了，猛地跳了起来，它非常机灵地闪到了一边。黑熊爬起来后，马上发现了泡泡，便快速向泡泡的方向跑去。可怜的小羊还在睡梦中迷糊呢，还没明白出了什么事，就被黑熊一巴掌打死了。

泡泡灵巧地逃脱了黑熊的第一次袭击，从被黑熊压坏的围墙缺口跑了出去，转眼间就消失在草丛中。

院子里的各种声音传进了房间里：院墙倒塌的声音、小羊"咩咩"的惨叫声、泡泡喘着粗气逃跑的声音。布兰迪先生一家都被惊醒了，他们知道院子里出事了，顿时慌乱起来。布兰迪先生首先跳下了床，走到窗前一看，嗬，有一头大黑熊正叼着小羊往院子外面跑呢！布兰迪立刻叫醒邻居，抓起一杆猎枪，带着猎狗，到森林里去追黑熊了。

黑熊逃命的速度真是快。可是身后狗的速度也不慢，狗叫声离它越来越近了，黑熊意识到人追上来了，马上加速，飞快地跑了起来。虽然它嘴里叼着小羊，但这并不影响黑熊奔跑的速度。不一会儿，黑熊就来到了河边，它马上跳进河里，借着湍急的河水，顺流而下，不用黑熊怎么用力划水，就轻松地甩掉了追赶它的人。它懒洋洋地摆动着身体随水顺流而去。追赶它的狗叫声越来越远了。

猎狗追到河边，找不到黑熊的踪迹，只能在河边走来走去，试图找到黑熊的气味，然而没有任何收获，因为河水早就把黑熊的气味冲走了。

布兰迪和邻居们沿着黑熊的脚印原路返回。在半路上他们发现了被黑熊丢掉的小羊的尸体。

黑熊的闯入让猎人和猎狗都很兴奋。但莉丝特却被吓得浑身颤抖，更令她悲伤的是，她失去了可爱的宠物野猪泡泡。她找遍了院子里的每一个角落，不停地吹口哨呼唤，可是泡泡还是没有出现。

莉丝特闷闷不乐地跟着爸爸来到森林里，他们走到了一片沉寂的沼泽地里。这片沼泽地一片荒芜，了无生机，触景生情，莉丝特更加悲伤、寂寞了。她仔细听了一会儿，又吹了几声口哨，希望唤回自己的宠物猪。但是最终还是一无所获。莉丝特放弃了寻找，打算离开沼泽地。突然，她听到沼泽地里响起了"稀里哗啦"的声音。这莫非是黑熊？莉丝特一下子蒙了！

"噗、噗、噗"，一个浑身是泥的东西从沼泽地里钻了出来。

莉丝特惊奇地看着眼前的这个小动物，它的叫声有点像野猪泡泡的声音，但是眼前这个"泥团"让人看不清到底是什么。

这个小"泥团"竟然跑到莉丝特的身旁，抬起沾满了泥的两只前蹄，放在了莉丝特前面的木头上，这不是泡泡要求刷洗蹄子的姿势吗？它还摇摇后背，想让莉丝特给它挠痒痒呢！

这个"泥团"竟然是泡泡！莉丝特简直高兴坏了，马上从旁边捡起一根树枝，给它挠起痒痒来。

泡泡失而复得，莉丝特高高兴兴地往家里走去。泡泡就像一只温顺的小狗，围着莉丝特绕圈子，它兴高采烈地跑跑跳跳，活泼极了，也可爱极了。快到家门口的时候，泡泡突然站住了，脸上愉快的表情倏然不见了，只见它身上红毛倒竖，眼睛里闪着绿幽幽的光，嘴巴一张一合的。这时莉丝特才发现泡泡嘴边已经长出了獠牙，看上去凶巴巴的。

莉丝特走到泡泡的身边，想要摸摸它，安慰安慰它。可是它却噘起了嘴巴，哼哼唧唧起来，一点也不耐烦的样子。莉丝特看到了地面上黑熊的脚印，马上就明白了：原来地上的脚印里仍然保留着黑熊的气味，就是这种气味使泡泡马上进入警戒状态。

知道了事情的原委后，莉丝特不再打搅泡泡，便在一边耐心地等着泡泡平静下来。

5. 猪蛇大战

现在已经是十月份了，可弗吉尼亚州的南部地区仍然烈日炎炎。炎热的天气，让少女的心开始躁动起来。最近，莉丝特有点燥热，常常独自一个人沿着河流逆流而上，甚至还想到人迹罕至的河里去游泳。

她还真的想到就要做到。在这条河流的转弯处，莉丝特脱掉衣服，跳进了水里。清凉的河水让莉丝特马上感到浑身舒服。她慢慢游到河中心的沙滩上，躺在沙滩边晒起了日光浴。晒得差不多了，她跳进水里，往回游。游到一半的时候，她不经意地看了一眼自己放衣服的地方。

咦，那是什么？天啊！自己的衣服上，竟然盘着一条可怕的响尾蛇。她慌忙游回河中心，爬到沙滩上，开始想对付响尾蛇的办法。如果男孩子遇到这种事，他们一定会扔石块打跑响尾蛇的。可是，莉丝特毕竟是个女孩子，没有这方面的经验。怎么办呢？在这个人迹罕至的地方喊"救命"也没有人能听得到啊。

她就像被晒蔫的茄子瘫坐在沙滩上，不知如何是好。

不觉间已经过了一个小时，这时候强烈的阳光炙烤着莉丝特的身体，让她燥热难耐，可响尾蛇并没有走开的意思。

莉丝特再也忍受不下去了。

"如果爸爸在边上就好了！"

莉丝特有了主意后，就想着怎样才能把爸爸叫来，想来想去，只想到了吹口哨这个办法。"如果爸爸听到了自己的口哨声，一定会赶来的。"

就这样，莉丝特把手指放到了嘴里：

"嘘——"

尖厉的口哨声响了起来。可是，半小时过去了，仍然没有看到爸爸的影子。

莉丝特只好又一次吹起了口哨。

这次，她听到了"嚓！嚓！"的回应声。

这个声音仿佛要把大地踩平。是谁呢？"肯定不是爸爸，如果是爸爸，他肯定会大声呼喊自己的名字的。"

"怎么办呢？怎么办呢？"

莉丝特手足无措，吓得浑身哆嗦，把双手环抱在了胸前。

"爸爸！救命啊！"

莉丝特一边大声喊叫，一边在沙滩上拼命地挖坑，想尽量地把自己的身体隐藏起来。

在河岸陡峭的悬崖上，灌木丛开始晃动，这时一个黑色的影子出现了。"是黑熊！"莉丝特感到万分恐惧。然而，从灌木丛里走出来的，竟然是一头野猪。

"哈！是泡泡！"

莉丝特长舒了一口气，但转念一想，又失望了：

"泡泡不知道怎么救我啊！"

莉丝特又悲观起来，她又吹起口哨想让爸爸听到，因为她觉得只有爸爸才有可能救出自己。

可是，回应她的仍然只有泡泡。只见泡泡沿着河岸，着急地向这边跑来。从悬崖边到莉丝特中间只有一条路，这条路一直延伸到放衣服的沙滩。

泡泡跳过树木和低矮的灌木丛，很快就来到了河边。

突然，它停住了脚步。

河岸上那条响尾蛇盘成一团，快速地摆动着叠起来的尾巴尖，发出了死神一般的"啪啪"的声音。

泡泡与响尾蛇互相对峙着。莉丝特紧张得感到空气都凝固了，胸口像被勒紧了一样，透不过气来。

泡泡倒竖着后背上的鬃毛，小眼睛闪着愤怒的光，两腮上的尖牙利齿碰得"咔咔"作响。它一步步朝响尾蛇逼近，像一名视死如归的战士，立下军令状要与响尾蛇决一死战。

泡泡尚未成年，可是它却发出了只有成年野猪在战斗时才会发出的吼叫声。它慢慢地向响尾蛇逼近，真是一个勇敢的小斗士！

看到响尾蛇蜷缩在莉丝特的白色衣服上，泡泡觉得有点儿不好下手。它围着衣服开始兜起了圈子，不知不觉间就把响尾蛇的逃跑路线给堵上了。

　　泡泡侧着身子冲向响尾蛇，只露出脸颊和一侧肩膀，它谨慎地朝响尾蛇逼近。泡泡这个姿势是有讲究的。这个样子即使被蛇咬到，也不是致命的部位，都不要紧。自然界的很多动物都有这种本能的战斗智慧，这是大自然母亲赋予它们的本能。

当然，响尾蛇也不是吃素的，它非常明白该怎样应付野猪。它火红的舌头在嘴里发出"咝咝"的声音，进进出出，这是在判断对手的方位呢。

泡泡"咔吧咔吧"地磨着像象牙一样的獠牙，死死盯着响尾蛇开始吼叫。为了谨慎起见，泡泡并没有继续向蛇靠近。此时，泡泡正在估算自己与蛇之间的距离，如果蛇扑上来，得有后退躲避的空间，好让蛇扑个空。

响尾蛇也在尽量引诱敌人靠近自己。一旦野猪靠近，它就会迅速蹿起来，把毒牙紧紧地咬在对手身上，并将毒液注射到对手体内。

就这样，野猪和蛇对峙着。响尾蛇一次次地把身体抬高，来引诱野猪靠近。泡泡则装出一副要行动的样子，企图欺骗响尾蛇。

突然，响尾蛇发动进攻了，它把弯曲的身体迅速伸直，像离弦的箭似的朝泡泡射了过来。无论多么灵巧的动物也无法躲开响尾蛇的快速袭击。泡泡也不例外。泡泡马上感到脸像被针刺了一般地疼痛。在响尾蛇咬过的地方，马上渗出了黄色的泡沫状毒液。

在这千钧一发的时刻，泡泡没有躲开，反倒是动作敏捷地向前跳了起来，一口就咬住了响尾蛇的脖子，用力地在空中甩动着蛇的身体，像与小鸭子玩耍一样。

响尾蛇被泡泡摔到了地上，它迅速蜷成一团，采取了防守的姿势。但泡泡没有给它片刻的喘息机会，立刻跳到了蛇的身上，怒吼着拼命踩踏响尾蛇。响尾蛇的头被踩碎了，肚子也开了花。

这时，泡泡被蛇咬过的脸上，全是白色泡沫，嘴巴"咔吧咔吧"地动着，像利刀切碎肉一般，瞬间就把毒蛇变成了一堆烂泥。

莉丝特在沙滩上看着猪蛇惊心动魄的战斗，一直提心吊胆，直到泡泡最后胜利了，她才长出一口气。

"谢谢你，泡泡！真是太谢谢你了！"

她太激动了，只说出了这一句话。

莉丝特呆呆地看了半天，才突然意识到：自己还没穿衣服呢！她马上跳进河里，向泡泡游去。

泡泡被响尾蛇咬中了，莉丝特担心泡泡会被蛇毒毒死。但是，她忽然想起了爸爸曾经说过的话：野猪皮厚，是不怕蛇毒的。想到这里，她才安下心来。

"我怎么才能感谢你呢？我的大恩人。"莉丝特开玩笑地问泡泡。

泡泡不能开口回答莉丝特的问题，但是它很聪明，马上就明白了莉丝特的意思。于是，它围着莉丝特转了一圈，然后把后背转了过去，似乎在说：

"快，给我挠痒痒吧！"

经历了这些，莉丝特和泡泡的感情更加深厚了。

6. 真正的野猪

　　秋天来了，树叶纷纷飘落，散落在河面上，摇摇摆摆，顺流而下，就像是童话世界里的一叶叶扁舟，消失在河流的尽头。树上的成熟果子也"吧嗒、吧嗒"地落在地上。

　　泡泡猪在树林里四处寻找着落在地上的果子，拼命地往肚子里填。吃的时候，它还不忘四处张望，看到蝴蝶飞过来，就会屁颠屁颠地跑过去玩耍一阵子。它还会跳远，先腿部用力，拼命飞跑一段，然后一下子跳出两三米远。有时候，它把獠牙伸出来，猛钻树根，竟然能把大树连根推倒。

泡泡的力气越来越大了，它总想找机会试一试自己的大力气。

当最后一片树叶飘落的时候，深秋就到了。这时，泡泡已经发育成熟，长成了一头成熟的野猪。它拥有健壮的骨骼，浑身有使不完的力气。

自从黑熊撞倒莉丝特家的围墙之后，泡泡就一直生活在森林里。它曾经帮助莉丝特解了响尾蛇之困，莉丝特也依然最喜欢它，但是，它已不住在莉丝特家里了，而是成了一头真正的野猪。

有一天，泡泡在沼泽地旁边发现了一种山芋。它挖出山芋的根，仔细地闻了闻，又看了看：

"嗯，这东西能吃。"

它清楚地记得：小时候，妈妈曾经挖过这种东西吃，自己也吃过。野猪是杂食动物，泡泡不是仅仅吃果子，它们尽力地尝试不同的食物。只有这样，它才能把身体养得胖胖的，积蓄足够的能量，迎接严冬的到来。

泡泡吃饱后，便在森林中散起步来，它想到洒满阳光的斜坡上舒舒服服地躺一会儿。它心满意足地哼哼着，在满是落叶的地上横卧下来，慢慢睡着了。

画眉鸟发现了泡泡，飞过来，淘气地叫着：

"喂，挖树根！"

泡泡正在熟睡，都没有睁开眼睛。

"哇——吼！嗷——嗷——"

突然，远处传来了恐怖的声音。沉睡中的泡泡一下子被惊醒了，它伶俐地翻起身来，眨巴着小眼睛。

"什么声音？"它侧耳倾听。

"嗷——嗷——哇——吼——"

声音来自森林深处，像在吼叫，又像在快乐地大叫。

泡泡呆呆地站在原地，听了十多分钟。然后，它就朝着发出声音的方向走了过去。

声音是从它挖树根吃的那片沼泽地传来的。它悄悄地靠近沼泽地，很快就看到了黑熊。此时，黑熊正躲在茂密的草丛阴影里。它认出来了，正是这头黑熊，杀死了它的妈妈和兄弟姐妹以及它的好朋友小羊。

黑熊正在不停地挖着树根，这些树根是刚才泡泡吃着发苦扔掉的那种。黑熊竟然挖树根吃。那块树根又大又粗，看似好吃，气味也诱人，但是，只要咬一口尝尝，舌头就会火辣辣地疼，非常难吃。正因如此，泡泡才没有吃这些树根。

可是，黑熊为什么大口大口地嚼着这些难吃的树根呢？

"嗷——嗷——哇——吼——"

原来，黑熊常常吃野猪肉，野猪肉吃多了就容易患皮肤病，而这种苦辣的树根却是治疗皮肤病的良药。黑熊不怕苦，吃这种根须就是为了更好地调理身体。

泡泡当然不明白这个道理，悄悄地从黑熊的旁边溜走了。它现在还不想和黑熊发生冲突。

7. 野猪的爱情

寒冷的冬天来了。

秋天的森林曾是野生动物们的乐园，但冬天的森林一片肃杀的景象，没有了食物，动物们也懒得出来觅食，显得毫无生气。泡泡只好又回到了布兰迪先生的家。

布兰迪先生家有一间仓库，仓库的地板下养了很多头家猪。一下雪，泡泡猪就钻到这些家猪中间取暖。

刚开始，这些家猪对泡泡的态度非常恶劣。过了不久后，它们就把泡泡当作同伴了。白天，泡泡和它们排在食槽前，一起伸着脖子吃食；晚上，它就挤到这些猪中间，一起睡觉。

泡泡的冬天就这么舒适地过去了。春天来了，家猪们迈着缓慢的步子到外面晒太阳。

过了一个冬天，泡泡已经长得像一匹健壮的小马了。

它的腿长长了，身体变大了，肩也宽了，鼻子也变粗了。跟在布兰迪先生庭院中的所有家畜相比，它个子最高。它的身上长满了美丽的金色毛发，脖子和后背上长着长长的猪鬃，更显得英俊威武了。

在布兰迪先生家里，只要莉丝特一声口哨：

"嘘——"

泡泡马上就会转过身，跑到莉丝特身边。它的蹄子像装上了弹簧，非常轻快，它跳过围墙时的姿态，像小鹿一样轻盈。莉丝特给它好吃的食物，还会给它挠痒痒。它还时常把两只前蹄举起来，伸到莉丝特眼前，恳求莉丝特把它的两只前蹄给刷一刷。有时候，莉丝特甚至还会在它的蹄子上擦一些鞋油，让泡泡的两只前蹄闪闪发光。

布兰迪先生常对莉丝特说：

"莉丝特哦，你的泡泡哪里是什么野猪啊，温顺得简直就是你的一只小狗啊！"

莉丝特走到哪里，泡泡就会跟她走到哪里，真像一只忠诚的小狗。但是这条两岁大的"小狗"，已经有340多斤了。

通向森林的路上满是尘土，一头从来没有在这一带出现过的野猪，正急匆匆地走着。这是一头刚刚成年的雌性野猪，身上洋溢着青春的气息。它长着灰色的毛，在满是红色尘土的路上奔跑着，毛边也染上了红色。

雌野猪不停地跑着，并抽动着鼻子四处嗅闻，耳朵也在不断地扇动，它不停地观察着附近的情形。它的行为很奇怪，像是狗或狐狸那样，一边追踪并分辨着路上的足迹和气味，一边在道路的两侧留下自己的气味。

　　这个不停奔跑的野猪姑娘，到底要干什么呢？

　　动物的有些行为与人类非常相似。在人类社会中，年轻人常常渴望冒险，希望到大千世界里去闯荡。正在尘土中奔跑的野猪姑娘，也和年轻的人类一样，它正年轻，喜欢冒险，也想追求自己的幸福。

在一个十字路口，野猪姑娘停了下来，它使劲嗅了嗅风中的气味。它不愿意放过哪怕是只有一缕的幸福气味，它会根据气味选择幸福的道路。

夕阳的余晖洒落下来，野猪姑娘走过河流上低矮的木桥，进入了河流对面那片广阔的森林。

野猪姑娘和野猪泡泡的浪漫的爱情故事即将拉开序幕。

在布兰迪先生的农场里，立着许多供猪蹭痒痒的木桩。有一根用老杉树做的最结实，这个桩子比其他的稍高一些，上面长满了便于猪蹭痒痒的树节子。

几乎每一头猪，经过这根木桩时，都要在上边蹭一蹭。

有一天，野猪泡泡走近这根木桩，想在上面蹭痒痒时，突然听到木桩的另外一侧传来了嘹亮的歌声：

"咕啦——咔啦——哇咕——"

这是野猪的歌，人是听不懂的。

泡泡听到歌声，浑身上下就像着了火一般，沸腾起来，泡泡到发情期了。

这时候，恰好有一头胖胖的家猪在木桩上蹭痒痒，泡泡就着急地挤过去，嗅起了木桩上的气味。

嗅着嗅着，泡泡身上那金色的鬃毛呼啦一下全都竖了起来。它已经无法控制情绪了，于是开始疯狂地咬起木桩来。泡泡咬了一会儿后，又在木桩上蹭了起来。终于蹭够了，泡泡就向附近的小路跑去。跑了一会，它停下来，看了看四周，又折回来，再次跑向木桩，接着继续在木桩上蹭。蹭了一会儿，它似乎已经下定决心，离开树桩，向森林里跑去。

阳光洒在沼泽地旁边的一片空地上，一只灰色的动物从灌木丛里跑了出来。没错，正是那位野猪姑娘。

泡泡立马就嗅出来了：那根木桩上留下的气味，正是这个姑娘身上的。野猪姑娘——看到泡泡，就迅速地跑开了。泡泡马上追了上去。在一片开阔的地方，泡泡渐渐追上了那个野猪姑娘。野猪姑娘看到泡泡追了上来，也不打算再跑了。

泡泡还打算继续跟着野猪姑娘跑，可是，野猪姑娘却突然转过身，"呼哧呼哧"地喘着粗气，目不转睛地盯着泡泡看。

在凝视的瞬间，野猪姑娘看清楚了追逐自己的对象，它的恐惧感一下子就消失了。它表现出友好的样子，让泡泡蹭了蹭它的脸颊。当泡泡坚硬的獠牙碰触到它的脸颊时，野猪姑娘突然意识到："它就是能给我带来幸福的那一个了……"

泡泡与野猪姑娘一见钟情。这一对恋人第一次见面，双方就都清楚地意识到："这一个能同自己白头偕老。"

从那以后，一连很多天，莉丝特就再也没有看到泡泡了。

她当然不知道，此时的泡泡正在森林里同野猪姑娘过着快乐的新婚生活呢！

8. 山猫大战

　　有一天，泡泡和野猪姑娘正在散步，沼泽地那边突然传来了一阵恐怖的叫声。泡泡马上朝发出声音的方向跑去，野猪姑娘则紧紧地跟在后面。

　　它们走近那片草丛，拨开茂密的野草。突然，眼前出现了一个可怕的敌人。正是那头可恶的大黑熊。泡泡一见到大黑熊，便火冒三丈，金色的鬃毛"唰"的一下就竖了起来，锋利的獠牙"咔吧咔吧"地磨着。

　　"嗷——"

大黑熊看见了泡泡和野猪姑娘，迅速站立起来，并发出一声凶猛的嗥叫。

黑熊为了治疗皮肤病，在这片沼泽地里来回打滚。它浑身上下都是腐臭的烂泥。仇人相见分外眼红，泡泡与黑熊怒目相对。泡泡已经足够强大了，它不再惧怕黑熊，但是，战斗的时机还不够成熟。

黑熊当然也不怕野猪，但是它却想起了以前那场与野猪妈妈的残酷遭遇战。黑熊和野猪各有打算，虽然它们都吼叫着，并严阵以待，但过了一会儿，双方慢慢地拉开距离，各自走开了。

有一天，一只秃鹫在天空中悠闲地飞着，并寻找猎物。突然，它发现森林中有只动物在动。于是，秃鹫立刻从高空俯冲下去。临近地面的时候，秃鹫才看清楚：原来，这是一只山猫。

山猫长着浅茶色的毛皮，尾巴很短，身手矫捷，其奔跑速度极快，跑起来就像掠地飞行。这时，它正蹑手蹑脚地在一棵躺倒的树上走着。突然，它注意到了天空中的秃鹫，抬头向天空观察着。

秃鹫低低地飞着，在空中打着回旋。而此时的山猫却被新的猎物吸引住了。山猫用爪子挠了挠脸，振奋了一下精神，绷紧身体，蹲下去，侧耳细听。远处传来了微弱的脚步声：

"扑通扑通……咔嚓咔嚓……"

脚步声渐渐近了。虽然还不能通过脚步声判断是什么动物，但从杂乱的脚步声可以肯定，这是一大群动物。

一会儿，山猫甚至听到了动物的吵闹声。

秃鹫也听到了这个声音，从空中向下寻觅，果然，树木间隐隐约约地有一些动物的身影在晃动。声音更近了。山猫跳到了旁边高高的树桩上。

山猫蹲在树桩上，一动不动，看上去就像树桩上的一个巨大的树节子。山猫正是用这种绝妙装扮来欺骗对手的。

声音更近了，而且非常嘈杂。

山猫蹲在树桩上，竖起了耳朵，锐利的眼睛一眨不眨。

这时，一大群动物出现在森林里的小路上。走在最前面的是一头大野猪，后面跟着一群小野猪。小野猪们三三两两地从森林里走出来，乖乖地跟在母亲身后，还不时地用小鼻子到处嗅来嗅去。

树桩上的山猫，早已对这些列队而来的美味垂涎三尺了，于是它把身体绷紧，随时准备飞奔出去。

野猪妈妈从树桩下面走过，竟然没有发现山猫，山猫也没有理会野猪妈妈。接下来，一头健壮的小野猪走过了。随后，后面又响起了一连串的脚步声，几头小野猪同时出现了，它们慌里慌张地跟在母亲身后。最小的那头小野猪，被落在了队伍的最后面。

这时，山猫"喵"地叫了一声，朝那头小猪崽猛扑了过去。

"吱——吱——"

山猫狠狠地咬住了小猪崽的脖子。

听到孩子的惨叫声，野猪妈妈马上转过身来。可是，山猫已经叼着小猪崽跳到了树桩上面。

野猪妈妈用后腿支撑地面，站了起来，想爬到树桩上去救孩子。可是树桩太高了，它根本爬不上去。山猫蹲在树桩上，压住惨叫的小野猪，轻蔑地俯视着野猪妈妈。

虽然是无用功，但是野猪妈妈还是拼命地把身体拉长，想去够自己的孩子。山猫站在树桩上，用尖利的爪子用力地抓着野猪妈妈的鼻子。

这个树桩的面积很大，野猪妈妈冲撞这边的时候，山猫就躲到另一边。野猪妈妈在树桩下干着急，却没有办法救出自己的孩子。

正在野猪妈妈万分着急的时候，附近的草丛开始晃动起来，草和小树枝被按倒了。一头巨大的雄野猪跳了出来，正是野猪爸爸！

山猫最担心突然出现的救兵。当它看到巨大的雄野猪时，马上露出了恐惧的表情。

野猪爸爸用前蹄扒着树桩，一下子就站立了起来。

它长着尖利獠牙的脸颤抖着，它愤怒极了，它要将这该死的山猫撕成碎片。为了躲避雄野猪，山猫立刻跳到树桩的另一侧。野猪爸爸马上跟着跑到树桩的另一侧。就这样，野猪爸爸与山猫来来回回地跑着，寻找着进攻机会。

山猫虽然来回跑着，但它舍不得放下到嘴的美味，死死地咬住小野猪不肯松口，小野猪的叫声越来越微弱。山猫与野猪的战斗也越来越激烈了。

山猫占领的树桩旁边，还有另外一棵躺倒的大树，大树上有粗大的树枝，斜伸向了树桩。野猪妈妈急中生智，一下子就跳到躺倒在地的大树上，想爬过粗大的树枝，跳到那个树桩上。野猪妈妈并没费什么力气，就顺着树枝来到了宽阔的树桩上，与山猫正面相对。

小野猪的每一次惨叫，都刺激着野猪妈妈的神经，此时它早已怒气冲天。一到树桩上，它就立刻向山猫猛冲过去。野猪妈妈凌厉猛烈的攻击非常有效，很快，山猫就从树桩上掉了下去。

此时的树桩下，站着野猪爸爸和一头小野猪。野猪崽中个头儿最大、体格最健壮的那个小家伙，看到了山猫同自己父母的战斗，正跃跃欲试呢！山猫从树桩上一掉下来，小野猪就抓住机会，马上冲了上去，"啪"的一声，狠狠踩住了山猫的前腿，动作迅猛有力。转眼间，愤怒的野猪爸爸也扑了上来，用獠牙把山猫一下子挑了起来，并抛向空中。

山猫"扑通"一声摔倒在地。

怒气冲冲的野猪爸爸没有住手，它再次晃动尖利的獠牙，又一次扑向摔在地上的山猫，一下子就把山猫的皮给撕开了。

"嗷——"

山猫惨叫一声没气了。

愤怒的野猪爸爸仍没解气，它还把山猫的骨头咬碎了。它叼起

山猫，狠狠地左右甩动，发泄着自己的愤怒。没错，愤怒的野猪爸爸正是泡泡，而野猪妈妈正是当年的野猪姑娘。

战斗结束了，山猫死了，那头被山猫咬过的小野猪也死了。

一直在空中盘旋的秃鹫，终于坐收渔利，在这场惊心动魄的战斗结束后，飞落到山猫的尸体旁，准备吃肉。

9. 野猪妈妈的战斗

黑熊为了能吃到猪肉，哪儿都敢去，甚至连人类养猪的山谷都敢去。

比起与野猪战斗，袭击人类饲养的家猪要容易得多。人类饲养的家猪身体肥胖、行动迟缓，尤其是小猪崽，细皮嫩肉的，真是鲜美无比。无论黑熊袭击哪家的猪，都会引起那家人和狗的极度不安，人们就会带上猎犬来捕捉它。因此，黑熊会不断改变袭击的地点。人类的追捕对黑熊来说，并不是难题。黑熊逃跑时速度非常快，它又非常了解猎狗的追踪方法，往往转眼间就逃得无影无踪。尽管人们还设下很多捕熊的陷阱，但是人们从未捉到过它。于是，人们将这头黑熊称为科加河畔的"聪明的熊"。

在动物界，秃鹫喜欢吃腐烂的肉，属于食腐动物，但它并不是森林里唯一的食腐动物。有时候，黑熊也喜欢吃不太新鲜甚至有些腐烂的肉。

黑熊喜欢吃肉，但它有一些怪癖。在得到很多肉后，黑熊一时吃不了，就会把肉藏起来，等没有食物的时候再吃。新鲜的肉很容易腐烂，当黑熊吃多了腐肉之后，就习惯了腐肉的气味，慢慢地喜欢上了腐肉的味道。

有一天，黑熊正在森林里觅食。这时，它嗅到了风里有腐肉的气味。黑熊立刻循着气味的方向，向森林走去。

在森林的一片草丛中，躺着一具小野猪的尸体，那正是被山猫杀死的泡泡的孩子。小野猪倒在草丛里，所以秃鹫没有发现它。

黑熊立刻拽起这头小野猪的尸体，换了一个地方，挖了个坑，把野猪崽的尸体埋了起来。它打算等尸体稍微腐烂一点后，再慢慢享用。

最小的孩子被山猫杀死了，野猪妈妈非常想念它。第二天，野猪妈妈就顺着小道想去看看死去的孩子。

恰巧，黑熊也来到了这里，准备享用昨天埋藏起来的小野猪肉。就这样，野猪妈妈和黑熊狭路相逢了。

野猪妈妈龇起了獠牙，准备战斗。

黑熊见到野猪妈妈疯狂的样子，觉得不妙，便开始后退。

一进一退，慢慢地，它们来到了森林里的一片开阔地带。开阔地的旁边是悬崖，悬崖下边是流淌的河水。

宽阔的地方对野猪妈妈作战有利。瞅准这个好机会，野猪妈妈立刻向黑熊冲了过去。

到了危难时刻，野猪通常都会大叫着求援。可今天，强烈的母爱使它失去了理智，野猪妈妈怒火中烧，顾不上大声求援。

　　它恨得把牙咬得"嘎嘣"响，一步步地向黑熊逼近。

　　黑熊一边退让，一边甩动着前掌，用尽全身力气向野猪妈妈拍去。

　　"嗷——"

　　野猪妈妈的肩部遭到了黑熊的掌击，疼得直摇晃。直到这时，它才意识到黑熊的战斗力，真是个可怕的对手，马上大声求援。

　　野猪妈妈一边大声呼救，一边严阵以待，继续同黑熊对峙。黑熊也小心翼翼地摆出了迎战的姿态。

　　野猪妈妈气势汹汹地冲了过去，黑熊轻巧地躲开了，随后又给了野猪妈妈一记凶狠的巴掌。

　　这下，野猪妈妈被黑熊打得飞了出去，掉下悬崖，"扑通"一声扎进了河里。

　　河面上溅起了一朵大大的水花。

　　落进水里的野猪妈妈赶紧游起泳来。它虽然不喜欢游泳，但在要命的时候，游得还不错。河水裹挟着它向前走，一直把它送到了能爬上河岸的地方。当它从河里爬上岸的时候，岸边的草丛里出现了一个红色大家伙的身影，正是它的丈夫——野猪泡泡。

　　泡泡听到求援声，马上就赶来了，但野猪妈妈的求救信号发得太晚了，泡泡并没能赶上这场战斗。

　　黑熊自以为把野猪妈妈杀死了，便得意扬扬地回到了森林里。

10. 莉丝特的口哨

森林恢复了平静。

很多天以后的一个清晨，布兰迪先生突然在家里大发雷霆。这是为什么呢？

原来，前一天夜里，他们家的菜地被糟蹋得一塌糊涂。莴苣、西瓜全都被吃光了，龙须菜和大头菜虽然没被吃掉，但也全都被踩烂了。

"一定是野猪干的！"田里干活的伙计说。

"是熊干的！"杰克家喂猪的伙计说。

杰克花高价从国外买回来的宝贝母猪，被熊给杀死了。此时，他也正气不打一处来。

布兰迪先生和杰克一拍即合：要请职业猎手除掉这些可恶的野兽。于是，他们都来到了猎手鲍尔的家里。

鲍尔是职业猎人。一下子来了两个人请他捕捉野兽，这让他马上自大起来。

"哎呀呀，先给哪一家做好呢？"

鲍尔略假装为难的样子，思考了片刻，选择先给莉丝特家干。

鲍尔来到布兰迪家的菜地里，才看了一眼，就非常内行地说："到处都是脚印呀！一定是野猪干的。不过这野猪也真够大的，起码有 360 斤！"

莉丝特在一边小心翼翼地问爸爸：

"爸爸，你认为这是泡泡野猪干的吗？"

女儿一开口，父亲就知道她是什么意思，坚决地说：

"光看脚印是区分不了的。我再也忍受不了了，你看这菜地都被糟蹋成什么样子了！"

鲍尔又把地里的脚印仔细查看了一遍，然后说：

"是身体粗壮的野猪父母和它们的小崽子们一起干的，野猪父亲踩出来的脚印有鸡窝那么大！"

莉丝特家的菜地是用篱笆围起来的，但篱笆墙只能挡住老实的黄牛和无力的鸭子，对强悍的野猪根本起不到任何作用。

"爸爸，我们为什么不把围墙做得更结实一些呢？野猪钻不进来不就行了吗？"

父亲却说："那样要花很多很多钱呢！而且，即便做得更加结实，对野猪来说，也起不到什么作用。"

站在一旁的鲍尔说："小姑娘，你听说过吗？前一段时间，三个孩子上学迷了路，结果被响尾蛇咬了，后来这三个孩子没有救活，全都死掉了。响尾蛇受到野猪的攻击就会聚集到一起，所以最近这一带响尾蛇多了起来。"

知道了作案者，鲍尔像个侦探一样，带着五条孱弱的猎犬向森林进发了。

布兰迪先生带着莉丝特，也向河畔的山里走去。走下去就是山谷了，鲍尔的狗开始"汪汪"地叫着，好像发现了野猪的足迹。

莉丝特和爸爸也随着狗叫声，爬上了山。

几条狗一直跑在鲍尔的前面。不一会儿，狗的叫声就突然变大了。远处传来了草丛被践踏和动物们快速奔跑的声音。

森林里不断地传来猎狗和野猪的声音，鲍尔开始"呼哧呼哧"地跑步，追赶起来。

过了一会儿，狗的叫声锁定在一处，不再移动。哈，猎狗已经追上了野猪。鲍尔只需要赶上去干掉野猪就行了。

可是当鲍尔走近的时候，狗的叫声却发生了变化。

"事情不妙！猎犬恐怕是遇到了强壮的野猪！"

鲍尔顿时慌张起来。

鲍尔已经走到了传出狗叫声的地方，因为中间有茂密的草丛，所以他还是什么都看不见。

"汪汪汪——嘎呜——"

鲍尔听得出，这种声音里还夹杂着"咕噜"和"咔嚓"的声音。那是野猪刀子般的獠牙发出的声音。

鲍尔仍然什么都看不见。

狗的叫声东一声，西一声，很不集中。不久，远处又响起了"汪汪汪"的声音和"嗵嗵嗵"踩踏地面的声音。

鲍尔搞不清楚发生了什么事，焦急万分，顾不得安全了，只好跳进草丛鲁莽前行。

当他费劲地从草丛里钻出来的时候，激烈的战斗场面顿时让他目瞪口呆。

鲍尔带来的猎狗，只剩下两条还在战斗，另外三条狗都已经不知死活。就在这当儿，又一条猎狗被野猪活活地杀死了。只剩下最后一条杂种狗了。野猪竟然毫发无损，还在龇着它那像短刀一样的獠牙。

野猪一发现鲍尔，立即抛开杂种狗，咆哮着向鲍尔猛冲过来。

"砰！"

鲍尔太慌张，根本没有瞄准就扣动了扳机，子弹钻到泥土里了。

眼见着野猪跑过来，鲍尔只能闪到一边，因为草丛的阻挡，他根本无法逃走。正当鲍尔以为自己就要命丧野猪口的时候，最后一条杂种狗冲了上来，咬住了野猪的后腿。

趁着这个间隙，鲍尔冲出草丛，跑向了最近的一棵树。他刚刚爬上树的那一刻，野猪已经把那条狗收拾掉了，"咚咚咚"地向他追了过来。

跟随而来的布兰迪先生听到狗追猎物的疯狂叫声后，不禁想起了自己年轻时的狩猎时光，顿时激动不已。

当狗叫声停在一处的时候，布兰迪先生赶忙朝着这个方向出发。他已经上了年纪，加上内心焦虑，走着走着就体力不支了，一不小心，把脚给崴了。

"莉丝特！现在我只能慢慢走了。你先去！拿着猎枪！"

莉丝特接过猎枪，朝狗叫的方向跑去。最初还能听到狗叫声，不久，便什么声音都听不到了。

"喂——"

莉丝特喊了一声，但没有听到鲍尔的回应。接着，莉丝特把手

指放到嘴里：

"嘘——"

她吹响了尖厉的口哨。口哨声传到鲍尔的耳朵里，鲍尔以为是其他猎手来救他了，便大声地叫了起来。

莉丝特隐隐约约听到了鲍尔的叫声，可是距离实在太远了，根本弄不清是什么人在那里，喊叫的是什么。不过既然有人在叫喊，还是过去看看的好。

于是，莉丝特不停地吹响着口哨，向前走。

"嘘——嘘——"

莉丝特的口哨，父亲和鲍尔都清楚地听到了。而且，泡泡野猪也听到了。

听到口哨之前，泡泡还正对着鲍尔爬上去的那棵树龇牙咧嘴呢！听到哨声后，它一下子就变得老实了，并发出了平静的喘息声。

鲍尔站在树上仔细观察着四周的情况，看到莉丝特自己一个人手持猎枪走了过来。

"野猪朝你那里去了！小心，爬到高处再好好瞄准！"

鲍尔向莉丝特喊着。

莉丝特再次吹起了口哨。

草丛对面响起了"噗噗"的声音。突然，一头大野猪跳了出来，出现在她的眼前。莉丝特被吓了一跳，不过她马上就高兴了起来：

"泡泡！这不是泡泡吗？"

　　一听到莉丝特的叫声，大野猪后背上竖起的毛迅速贴到了身上。随后，大野猪朝莉丝特"扑通扑通"地跑了过去，把两只前蹄搭到了莉丝特前面的木头上面。

　　泡泡嘴里嘟哝着，并在莉丝特的脚上蹭着脸。它想让莉丝特把它的两只前蹄擦亮，而且还想像小时候那样，让莉丝特在它的后背上挠痒痒。

　　莉丝特坐在木头上，开始在它的后背上给它挠痒痒。

　　"你干什么？开枪打它呀！它会吃掉你的！"

　　鲍尔在树上紧张地大喊大叫。莉丝特却说："你胡说什么呢！打谁？我能打我的好朋友吗？"

　　大野猪让莉丝特挠完了后背，然后，满足地消失在森林里。

11.雨后追猪

　　科加河畔的黑熊打跑野猪妈妈后，又回到了埋藏小野猪崽的地方。小野猪已经腐烂了，散发出浓烈的腐臭味。黑熊把秃鹫赶走，然后把小野猪挖出来吃掉了。

　　在吃完腐肉之后，黑熊听到森林里响起了一阵杂乱的脚步声。野猪一家出现了。野猪爸爸一直跟在队伍的后面，森林里静悄悄的，貌似没有什么危险，它就不用太担心。

野猪一家很快来到了河边。野猪妈妈先跳进河里，游了起来。小野猪崽们一个个哼哼唧唧地犹豫着是否要下水。过了一会，有两头小野猪跳进了河里，接着其他小野猪也跟着纷纷跳了进去。可是仍有一头小野猪死活也不敢往河里跳，在岸上可怜巴巴地不停喊叫着。

河畔的黑熊听到了小野猪的喊叫声，马上像一阵风一样朝着河流的方向跑了过来。还在河边吱吱叫的小野猪，突然感到头上的土堤仿佛有些晃动，刚要叫喊，脖子就被黑熊咬断了。

黑熊把小野猪拽到了河岸的堤坝上，并迅速钻进森林里。它爬上一个斜坡，翻过一个山丘之后，才安心坐下来，津津有味地把小野猪吃掉了。黑熊咂巴着嘴，心里想："小野猪真好吃！虽然说野猪厉害，好像也没什么大不了的！我要把小野猪一个一个全都吃掉！"

那天夜里，猎手鲍尔回到家的时候，五条猎犬中的三条正在家里等着他。三条猎犬中，有一条受了重伤，而另外两条则是被野猪吓怕了偷偷地逃回来的。

这样的猎犬根本没法捕猎野猪。但是，鲍尔不好意思向朋友借猎犬。因为一名猎手，如果向别人借猎犬，就会证明自己的猎犬无能。鲍尔可不去做那些丢脸的事。

不久，布兰迪又对鲍尔说，野猪又来祸害庄稼了。

"如果你能把野猪收拾掉，我保证好好地酬谢你。"布兰迪恨恨地说。

鲍尔却说："等下雨后再动手吧。这样，我就能找到野猪，然后把它们干掉！"

雨水可以把以前的足迹冲洗掉，地面会变得松软，新的足迹就会清晰地印在地面上，即使没有猎犬，猎人也能轻松追踪到猎物。这正是鲍尔的小算盘。

"等下了雨，我也去！"布兰迪先生说。

听了父亲的话，莉丝特对爸爸说：

"爸爸，求你别杀死泡泡，我们还是把围墙做得结实一些吧！"

父亲听了，恶狠狠地说："等捉到它，我会用那家伙的牙齿给你做一副手镯！"

过了不久，终于下了一场大雨。

大雨冲刷掉了地面上动物的足迹，森林里的落叶铺满了地面，走到哪里都会听到"咔嚓咔嚓"的声音。

"嗨！我们出发吧！"

鲍尔和布兰迪先生跃跃欲试，开始动身了。

鲍尔与布兰迪先生的年纪差不多。但鲍尔是个出名的猎手，身体健壮结实，行动速度很快，而布兰迪先生却在鲍尔后面累得气喘吁吁。

鲍尔仔细观察地面上的动物足迹，不停地往前搜索着。

很快，他俩就到了那片沼泽地。沿着沼泽地走了一会儿后，他们又向小河下游前进，越过低矮的山丘后，来到了小河边。

"歇一歇吧，我都喘不过气来了。"布兰迪先生说。

鲍尔没有说话，继续向前走去。布兰迪先生喘着粗气在后面追赶着鲍尔。又走了大约四英里，鲍尔突然大声喊道：

"嗨！快过来！我终于找到啦！"

布兰迪先生过去一看，果然，地面上有很多野猪的脚印。其中，有一个脚印比其他脚印长出 12 厘米。很明显，是那头大野猪踩出来的。

"走！"

鲍尔立刻沿着脚印飞快地追了下去。布兰迪先生一边喘着粗气，一边追赶着鲍尔。可是鲍尔跑得太快了，他渐渐地被甩在了后边。

布兰迪先生已经筋疲力尽了，他对鲍尔扔下他独自前行感到愤怒。走着走着，他终于停了下来，最后一屁股坐在木头上。"等鲍尔发现猎物后一定会来招呼我的。"他想。

一刻钟、两刻钟过去了。森林里静悄悄的，他根本不知道鲍尔跑到了哪里。

不一会儿，河畔边长满低矮树木的茂密森林里传来了声音。布兰迪先生悄悄地站起来，向发出声音的方向喊道：

"嗨——嗨——"

只有松鸦嘶哑的叫声，除此之外，好像什么声音都没有，四周又陷入一片寂静。

突然，森林里响起了野猪尖厉的叫声，那是求助的声音。

布兰迪先生快步走进那片茂密的森林。前方，传来了动物嘈杂的声音。

他悄悄地走过去，爬到一棵倒地的大树上，朝远处一看，不由得倒吸了一口凉气。

12. 最后的决斗

　　布兰迪先生看到一头大黑熊和一群野猪对峙着，它们怒目相视。离黑熊最近的是一头长着金毛的雄野猪，它叉开四脚，用力踏地，气势汹汹。雄野猪身后，是比它稍小一点的雌野猪，鼻子细细的，牙齿短短的，严阵以待。附近的草丛里，还有十五六只小野猪，在原地打着转，缩成了一团，躲避着想要藏起来。

　　黑熊声东击西，转向草丛袭击小野猪。为了保护自己的妻小，雄野猪猛然跳到了黑熊面前。假如黑熊真的扑过来，那么任何野猪都不是它的对手。

　　"嗷——嗷——"

　　黑熊吼叫的声音像沉闷的雷声，在它们的耳边轰鸣。

　　雄野猪叉开四脚，用力踏地，后背的毛全都竖了起来，身体看起来更加庞大。它低着脑袋，小眼睛发出闪亮的光，尖利的獠牙咬得"嘎嘎"作响，嘴巴不停地动着，嘴边全是泡沫。原来是泡泡！

　　草丛中的小野猪们被眼前的搏斗吓得不停地"吱吱"乱叫，只有一头小野猪没叫，勇敢地摆出了迎战的姿势。

黑熊和野猪们相互对峙着，瞪着对方，一动不动。

终于，黑熊慢慢地横着膀子动了起来。黑熊想躲过泡泡再去袭击小野猪，泡泡跟着黑熊也动了起来，它总是能绕到黑熊的正面，保护自己的妻子和孩子们。

黑熊又开始向相反的方向转动，然后前脚离地站了起来。

看来，它真的要开始进攻了。

泡泡先跳了起来，黑熊马上后退，泡泡也停住了。几个虚招过后，黑熊真的要向泡泡发起猛烈进攻了。

"嘭！嘭！"

黑熊用它那硕大的前掌向泡泡打去。泡泡被打得短促地吼叫了起来。

泡泡没有黑熊高大，被打后摇摇晃晃的，但它拼尽全力没有倒下去。它终于找到了反击的办法，黑熊再次打过来的时候，它把黑熊的前掌作为攻击目标，用刀一般亮闪闪的獠牙飞快地猛刺过去，一下子就刺到了黑熊的要害。泡泡拼命地咬着黑熊，很快，黑熊的身上就有五六处被咬出了血口子。

泡泡受伤了，黑熊也流着血。它们各自向后跳开，气喘吁吁，并痛苦地呻吟着，但仍怒视着对方。

这短暂的停止，双方都没有动，要赶紧恢复体力。过了一会儿，它们又开始前后左右地动了起来。

黑熊的计策是把野猪摔倒，用前爪把它按住，然后用后爪把它撕成碎片。

泡泡则在想：绝对不能让黑熊打倒，否则就没机会了。无论如何，也要挡住熊爪的攻击，找准机会用牙齿把它干掉。

它们又开始来回晃动。

这回还是黑熊先动手，它飞快地冲上前去，想利用身高和体重的优势，从上往下压倒对手。然而，泡泡马上看破了黑熊的伎俩，严防死守，用尖利的牙齿使劲咬向黑熊软软的肚子。

"嗷——"

黑熊悲惨地嗥叫一声，往后退去。

很快，黑熊和泡泡又相互向对方逼近，一次又一次地厮打在一起。

在厮打中，黑熊发现如果站在倒地的树木上，则能占到地利的优势，于是就爬到树上寻找机会。

几次攻击防守下来，泡泡感到了对手的强大，不免心生焦躁，也跟着跳到树木上。黑熊一闪，泡泡就扑了个空，那笨重的身体重重地摔倒在了地上。机会稍纵即逝，站在树木上的黑熊见此情景，立刻扑了上去，想用自己沉重的身体压住泡泡。泡泡迅速扭过脖子，瞅准机会，用尖利的牙齿朝黑熊猛咬下去。

"扑哧！扑哧！"

泡泡的牙齿刺透了黑熊，一股鲜血喷射了出来。但此时黑熊沉重的身体眼看就要把泡泡压倒，泡泡马上就要支撑不住了。

在这个紧要关头，野猪的有生力量——凶猛的雌野猪冲了上来，向黑熊发起了进攻。它用尖利的牙齿拼命地朝黑熊猛扎猛咬。

黑熊想躲开，但雌野猪却咬住它的爪子不放，还"咯吱咯吱"地咬里面的骨头。黑熊被咬得钻心般的痛，吼叫着站了起来。泡泡看到机会，马上甩开压在身上的黑熊，并掉过头来，又朝黑熊狠狠地咬了下去。

在两头野猪拼命地夹击下，黑熊终于倒在了地上。

两头野猪用刀一般锋利的牙齿撕咬着黑熊，它们的眼睛里透着复仇的寒光。可怜的黑熊血不断地往外涌，肉一块一块地被撕开了。它撕心裂肺地嗥叫着，挣扎着，想逃走，可是两头野猪却不依不饶，不停地撕咬着……

黑熊想爬回到那棵倒地的树木上，但两头野猪又冲了上去，一下子就把它给撂倒了，并朝着它的侧腹狠狠地咬了下去。很快，黑熊肚子上的皮就被撕开了，肠子也被拽了出来。

黑熊躺在地上，一动不动，已经没有了气息。

两头野猪却仍然撕咬着……

黑熊浑身沾满了泥土，成了一堆僵硬的肉块。

布兰迪先生屏住呼吸，自始至终都在观看着黑熊与野猪的战斗。直到战斗结束，他才长出一口气，心里默念道：

"真了不起！不愧是做父亲的，竟然把黑熊给干掉了！真是令人钦佩啊！"

布兰迪先生也开始喜欢起泡泡了。

战斗结束了，小野猪们欢快地吵嚷着跑到了父母的身旁。

一场血腥的搏斗过后，野猪一家变得安静下来，聚集在一起的

小野猪们互相问候，父亲和母亲也相互温柔地摩擦着鬃毛，安慰着对方。

布兰迪先生想起了莉丝特在河边与响尾蛇遭遇时，泡泡曾救过她。他还记得莉丝特涨红着脸讲述泡泡与响尾蛇战斗时的样子。那次战斗大概也像这样危险吧！而那次，泡泡可是为了朋友而战！

布兰迪先生看着自己手里的猎枪，非常愧疚。"它曾经救过我的女儿呢！我却用猎枪对付它，这样对得起良心吗？"他默默地想着。

这时，他又想起出发前女儿曾说过的话。

"行啦！回去做个结实的围墙，让这些家伙自由自在地生活吧！"

想到这里，布兰迪先生便悄悄地向家的方向走去。家里有等待他的可爱女儿，他打算和女儿一起聊聊这个可爱的朋友——泡泡以及它全家的故事。

责任编辑：王　巍
装帧设计：巢倩慧
责任校对：朱晓波
责任印制：汪立峰

图书在版编目（ＣＩＰ）数据

　　狼王洛波：影像青少版 /（加）欧内斯特·汤普森·西顿著；刘芳译. -- 杭州：浙江摄影出版社,2016.9（2017.1重印）
　　（世界动物小说精品书系）
　　ISBN 978-7-5514-1555-2

　　Ⅰ．①狼… Ⅱ．①欧… ②刘… Ⅲ．①儿童小说－短篇小说－小说集－加拿大－现代 Ⅳ．① I711.84

　　中国版本图书馆 CIP 数据核字（2016）第 214285 号

世界动物小说精品书系

狼王洛波（影像青少版）

［加］欧内斯特·汤普森·西顿　著
刘　芳　译

全国百佳图书出版单位
浙江摄影出版社出版发行
　　地址：杭州市体育场路 347 号
　　邮编：310006
　　网址：www.photo.zjcb.com
　　电话：0571-85170614
经销：全国新华书店
制版：杭州林智广告有限公司
印刷：杭州星晨印务有限公司
开本：710mm×1000mm　1/16
印张：12.75
2016 年 9 月第 1 版　　2017 年 1 月第 2 次印刷
ISBN 978-7-5514-1555-2
定价：29.80 元